La potion du Diable

Si tu veux en savoir plus, tu trouveras à la fin du livre
des informations sur le monastère de Lorsch
et un glossaire.

ILLUSTRATIONS INTÉRIEURES :
Serge Prud'homme

TITRE ORIGINAL :
Die Zeitdetektive : Das Teufelskraut

Loi n°49-956 du 16 juillet 1949 sur les publications destinées à la jeunesse.
Dépôt légal : novembre 2007
ISBN 13 : 978 2 7470 2273 6
Imprimé en Allemagne par Clausen & Bosse

DÉTECTIVES DU TEMPS

La potion du Diable

FABIAN LENK

traduit de l'allemand par
Laurence Bouvard

Illustrations intérieures de
Serge Prud'homme

BAYARD JEUNESSE

Kim, Julien, Léo et Kija, les détectives du temps

Kim l'effrontée, Léo le sportif, l'astucieux Julien et Kija, la mystérieuse chatte égyptienne, forment une petite bande qui partage un secret...

Ils possèdent la clef qui ouvre la vieille bibliothèque du monastère bénédictin Saint-Barthélemy. Au cœur de celle-ci se cache Tempus, une salle étrange qui permet de voyager dans le passé et dont le sol bat au rythme des pulsations de l'Histoire. Là se trouvent des milliers de portes, chacune s'ouvrant sur une année écoulée. En les franchissant, les trois enfants peuvent se rendre aux époques qui les fascinent, comme la Rome antique ou l'Égypte des pharaons, et y élucider des affaires criminelles inexpliquées.

Pour revenir dans le présent, il suffit aux voyageurs de regagner l'endroit précis de leur arrivée, et Tempus les ramène.

Alors que leurs expéditions durent parfois plusieurs jours, les enfants ont constaté, au retour, que les aiguilles de leurs montres n'avaient pas bougé d'une seconde. Ainsi, personne ne sait rien des aventures secrètes des détectives du temps.

1. Thot, le roi des magiciens

– Quelle horreur ! lança Julien en regardant le ciel gris.

Il était installé avec ses amis au Venezia, le meilleur glacier de tout Siebenhann, et peut-être même du monde entier…

– Tu l'as dit ! grogna Léo entre deux quintes de toux.

Depuis plusieurs jours, il souffrait d'un gros rhume et était de méchante humeur. Il avait commandé un thé à la menthe au lieu d'une glace, en espérant que la boisson chaude lui ferait du bien.

– Pire, ce n'est pas possible…, soupira Kim, assise à côté de Léo.

Elle enfourna une cuillerée de glace à la banane, et la laissa fondre lentement sur sa langue. La météo était désespérante ; elle avait gâché le début des vacances de Noël. Sans neige, on ne pouvait pas faire de luge ; quant à patiner, il ne faisait pas assez froid pour que l'étang devant le monastère Saint-Barthélemy gèle. Pas un rayon de soleil pour réchauffer cette atmosphère grise et triste, et, cerise sur le gâteau, la pluie ne cessait de tomber.

Le cinéma n'ouvrait qu'à dix-huit heures, et l'après-midi venait à peine de commencer. Les enfants s'étaient donné rendez-vous dans le salon de thé avec l'espoir de trouver une activité pour la journée. Malheureusement, aucune idée géniale ne leur était venue à l'esprit pour l'instant.

Kija, la chatte aux mystérieux yeux émeraude, était la seule à ne pas s'ennuyer : étendue sur le radiateur, elle ronronnait de plaisir. Habillé d'un coffrage en bois et muni de fentes, l'appareil dispensait une douce chaleur. Il était devenu le coin favori de la jolie bête au Venezia.

Léo eut un petit sourire moqueur :

– Peut-être que je devrais imiter Kija et

m'allonger sur le chauffage pour essayer de me débarrasser de cette fichue grippe ! Ça fait une semaine que je la traîne, rien n'y fait !

Il repoussa sa tasse :

– Ce thé à la menthe pas plus que le reste ! J'aurais dû prendre un cachet…

– Ne dis pas ça, objecta Julien. Les plantes soignent très bien le rhume.

– Ah oui, vraiment ? lâcha Léo, peu convaincu. Eh bien, moi, je suis sûr que des litres de ce truc ne suffiraient pas à guérir mon mal de tête, ni à me donner un peu d'énergie !

Julien lui jeta un regard réprobateur :

– C'est parce que tu ne prends pas ce qu'il faut ! Il faut s'y connaître pour choisir les bonnes tisanes !

Léo haussa les épaules :

– Comment veux-tu que je sache ce qui marche ? On a des médicaments pour tout aujourd'hui, et plus personne ne s'intéresse aux plantes !

– Si ! Je connais quelqu'un qui est spécialiste du sujet : le professeur Muriatti ! leur apprit Julien.

– Qui ?

– Le professeur Muriatti, répéta le garçon. Je suis allé hier à la conférence qu'il a donnée à la bibliothèque.

– J'ai vu les affiches, se rappela Kim. Le thème, c'était la médecine et…

Elle hésita.

– Les élixirs empoisonnés au Moyen Âge ! compléta Julien. C'était passionnant !

– Les élixirs empoisonnés ?

Ces mots venaient d'éveiller la curiosité de Léo.

– Exact, dit Julien. Muriatti a fait le tour de la question. Il a parlé des plantes médicinales, tel le millepertuis, et aussi des herbes magiques comme la chicorée. Au Moyen Âge, on croyait qu'elle rendait invisible et protégeait des coups d'épée ! Il a évoqué les plantes vénéneuses, en citant l'exemple de l'aconit napel : quelques grammes de son bulbe suffisent pour tuer un homme. On l'utilise depuis longtemps pour préparer des poisons. Claude, l'empereur romain, en a fait l'expérience : il a été assassiné avec de l'aconit napel en l'an 50…

Léo, sceptique, voulut des précisions :

– Est-ce que ce Mororatti a parlé de…

– Mu-ri-a-tti ! le coupa Julien en détachant ostensiblement les syllabes.

– Si ça peut te faire plaisir…, grommela Léo. A-t-il dit quelque chose au sujet du thé à la menthe, ton fameux professeur ?

– Non. Mais c'est sûrement excellent pour la santé !

– Pas sûr… Je ferais peut-être mieux de commander une glace à la noix.

Quelques minutes plus tard, la mine de Léo était plus réjouie : le serveur venait de déposer devant lui une coupe garnie de deux boules de glace.

Kim brûlait d'en savoir davantage :

– Qui d'autre a été empoisonné de la même manière ?

Julien éclata de rire :

– Tu ne changeras jamais ! Il n'y a que les histoires horribles qui t'intéressent !

– J'ai toujours aimé les polars ! admit-elle. Pas vous ?

– On les adore ! avoua Julien. En fait,

Muriatti a surtout parlé des vertus thérapeutiques des plantes. Il paraît qu'il existait aussi une préparation capable de guérir toutes les maladies !

– Même les rhumes qui n'en finissent pas ? insista Léo, plein d'espoir.

– Absolument ! confirma Julien.

– Et comment s'appelait cette potion magique ?

Julien regarda autour de lui, comme s'il redoutait les espions.

– L'élixir du Diable…, souffla-t-il.

Les trois amis se rapprochèrent. Kija quitta son refuge, s'étira et se glissa entre Léo et Kim, comme si elle avait compris que quelque chose d'important était en train de se préparer.

– L'élixir du Diable ? Pas très rassurant comme nom, remarqua Kim. Ça vient d'où, au juste ?

Julien réfléchit un moment avant d'expliquer :

– Si j'ai bien compris, la préparation aurait été inventée au temps de l'Égypte ancienne par le dieu *Thot*, qui était un enchanteur aux pouvoirs impressionnants et le protecteur des magiciens. Thot est considéré comme l'ancêtre de l'*alchimie*. Les Grecs l'honoraient sous le nom d'Hermès Trismégiste. Il pouvait aussi…

– C'est bon, l'interrompit Léo, impatient. Dis-nous si cette histoire d'élixir est sérieuse ou si ce n'est qu'une légende.

Julien haussa les épaules :

– Muriatti a expliqué qu'au Moyen Âge, on croyait à l'existence de ce breuvage. Non seulement il avait la réputation d'être un remède universel, mais on pensait aussi qu'il attribuait la toute-puissance à son possesseur.

– N'importe quoi ! lâcha Kim. Tout le monde l'aurait bu si c'était vrai !

Julien secoua la tête :

– Ce n'est pas aussi simple que tu le crois : il y avait un hic !

– Ah oui ?

– Il ne suffisait pas de préparer la potion et de lire à haute voix la formule magique adéquate pour obtenir tous les pouvoirs, il fallait aussi vendre son âme au diable !

– D'où son nom…, murmura Léo.

– Tu as tout compris ! fit Julien. Cet élixir était extrêmement dangereux. On a perdu pendant longtemps la liste des ingrédients, ainsi que le livre où se trouvait l'incantation à prononcer.

– Pourquoi, « pendant longtemps » ? On a fini par les retrouver ? demanda Kim, le cœur battant.

Elle se mit à caresser le poil chaud de Kija qui s'appuyait contre elle.

– Oui ! chuchota Julien. Enfin, c'est ce qu'a affirmé Muriatti…

– S'il te plaît, la suite ! le pressa Léo, tout excité, en engloutissant sa dernière cuillerée de glace.

– C'était en 805 après Jésus-Christ, au temps de Charles le Grand, poursuivit Julien.

Il jeta un nouveau coup d'œil autour de lui et continua :

– Au monastère de Lorsch, ici, en Allemagne…

– Lorsch ? Jamais entendu parler ! souffla Kim.

– Moi non plus, je ne connaissais pas ce

nom, reconnut Julien. Enfin, jusqu'à hier soir ! Lorsch doit sa renommée au Codex de Lorsch, l'un des plus anciens livres de médecine du monde. Il a été rédigé par les moines qui vivaient au monastère. C'étaient des scientifiques de premier ordre.

– Hum... Alors, d'après toi, l'un d'eux aurait peut-être retrouvé la formule de l'élixir, intervint Kim.

– Muriatti a fait une allusion dans ce sens, révéla Julien. C'est un spécialiste, on peut lui faire confiance.

– Cette formule n'est jamais arrivée jusqu'à nous, n'est-ce pas ?

– Effectivement.

– Hum..., répéta Kim. Si ce qu'a dit Muriatti est vrai, elle doit être cachée quelque part dans le monastère...

– Ce n'est pas à nous d'aller la chercher, tout de même ! laissa échapper Julien à voix basse.

– Et pourquoi pas ? lança la jeune fille, les yeux brillants.

– Ne t'emballe pas, tempéra Julien. Peut-être que le manuscrit a été détruit.

Mais Kim n'en démordait pas :

– Allons vérifier !

Le garçon soupira :

– Tu veux rendre visite à Tempus, c'est ça ?

– Tout juste ! Je veux savoir si cet élixir du diable a vraiment existé et où se trouve la formule !

– Tu as réfléchi au danger que peut présenter une telle potion ?

Kim secoua la tête :

– Aucune importance, puisqu'on n'en boira pas !

– Avant tout, il faut recueillir des informations sur le monastère de Lorsch, déclara Julien.

– Tu as raison, et notre fabuleuse bibliothèque est l'endroit idéal pour ça !

Elle jeta un coup d'œil inquiet à Léo :

– Et toi ? Tu ne te sens pas trop faible pour nous accompagner ?

– Bien sûr que non ! La perspective d'une enquête passionnante m'a déjà redonné la pêche ! Moi qui pensais qu'on ne pourrait rien tirer de cette journée ! Qu'est-ce qu'on attend pour y aller ?

La bibliothèque du vieux monastère Saint-Barthélemy fermait ses portes entre treize et quinze heures. C'était parfait : grâce à la clé, héritée de son grand-père, Julien et ses amis disposeraient de ce temple du savoir pour eux seuls.

Ils filèrent en direction de la salle réservée aux livres d'histoire, et mirent rapidement la main sur un ouvrage consacré au Moyen Âge. On y trouvait des illustrations magnifiques et une foule d'informations sur les monastères, mais rien sur Lorsch.

– Si on essayait Internet ? proposa Julien.

Les trois amis, suivis de Kija, se dirigèrent vers les ordinateurs ; Julien s'installa à un poste. Un moteur de recherches lui permit de mettre la main sur une adresse très intéressante : www.kloster-lorsch.de

– Bienvenue à Lorsch ! lança-t-il d'une voix enthousiaste.

Léo et Kim étaient captivés par les images qui s'affichaient à l'écran. Quant à Kija, elle semblait plus intéressée par les va-et-vient de la souris que par les pages téléchargées.

– Écoutez ça : en 1991, le monastère a été classé site historique par les Nations Unies, lut Julien, admiratif. Au début du Moyen Âge, il était considéré comme le centre spirituel et culturel du royaume des Francs. De 772 à 1232, il devint propriété royale, ce qui signifie que les moines se mirent au service du roi en effectuant de nombreuses tâches pour son compte !

– C'est quoi, ce bâtiment ? demanda Léo en pointant du doigt la photo d'un bel édifice à deux étages, flanqué de trois grands arceaux et d'un joli petit clocher.

Julien survola le texte :

– Je pense qu'il s'agit de « la salle du roi », qu'on appelle parfois « le hall de la porte ». Ce monument, dont la fonction reste mystérieuse, est recouvert d'une mosaïque en grès rouge et blanc.

– Superbe ! commenta Kim. Mais ce que nous cherchons, ce sont des informations sur ce fameux élixir du Diable… Passe à la page suivante !

– On n'en parle pas, conclut Julien après avoir parcouru le site. Toutefois ils disent, comme Muriatti, que les moines de Lorsch étaient réputés pour leurs connaissances en herbes médicinales.

– Donc, on est sur la bonne piste ! en déduisit la jeune fille. Allez, en route pour Lorsch. Dépêchons-nous, l'an 805 nous attend !

Julien soupira :

– Bon sang, Kim, quand apprendras-tu la patience ?

– Assez de lecture, place à l'action ! enchérit Léo.

Résigné, Julien se déconnecta d'Internet, éteignit l'ordinateur et rejoignit ses amis, déjà en route pour Tempus, la mystérieuse salle permettant de voyager dans le temps.

Après s'être assurés que personne ne les observait, ils firent coulisser une bibliothèque, grâce à son rail dissimulé dans le plancher. L'imposante porte de Tempus, en bois sombre, orné de nombreux symboles magiques, apparut.

– Êtes-vous prêts ? murmura Kim.

Julien et Léo opinèrent de la tête. Kija sauta sur la poignée, et le battant s'entrouvrit. Une lueur bleuâtre et une fine brume s'échappaient de l'intérieur, accompagnées d'un brouhaha inquiétant. Les enfants remirent le meuble en place, puis Kim et Kija entrèrent d'un pas décidé dans la pièce mystérieuse. Léo donna une petite tape d'encouragement à Julien, et les garçons pénétrèrent à leur tour au cœur du temps.

« Du calme, du calme… », se répétait Julien. Tempus lui inspirait un sentiment de profond respect, mêlé d'inquiétude. L'atmosphère du lieu était unique : la lumière étrange estompait les contours ; le brouillard rendait vain tout effort d'orientation ; la rumeur grondait derrière les milliers de portes sur lesquelles étaient gravées les chiffres des années. Parfois, un doux murmure leur caressait les tympans ; puis, soudain, des clameurs effroyables remontaient des profondeurs du passé.

– Où… où va-t-on ? balbutia Julien.

Personne ne lui répondit. Léo et Kim vacillaient, eux aussi, sur le plancher vibrant de pulsations.

Tout à coup, Léo réussit à lire une date :

– 1625. Non, ce n'est pas ce qu'on cherche. Continuons !

Seule Kija était sûre d'elle. En quelques petits sauts gracieux, elle les conduisit au bon endroit.

– Bien joué, ma belle ! la félicita Kim tout en poussant la porte. L'an 805 : nous y sommes ! Il ne reste plus qu'à nous concentrer sur le monastère de Lorsch.

Les enfants fermèrent les yeux et se prirent par la main. Ils fixèrent toutes leurs pensées sur Lorsch ; c'était ainsi que Tempus pourrait les emmener là où ils le souhaitaient.

Soudain, ils entendirent le tintement des cloches…

2. Une sinistre auberge

Les enfants atterrirent sur une place baignée par la douce luminosité du soleil couchant. C'était une belle soirée d'été. Devant eux s'élevait une élégante construction à deux étages.

– C'est la fameuse salle du roi qu'on a vue sur Internet ! s'exclama Julien.

– Exact, confirma Léo. Nous sommes bien à Lorsch ! Regardez, derrière nous il y a des remparts. Il faut observer attentivement cet endroit pour le retrouver au retour.

– On dirait qu'il y a deux murs d'enceinte…, lâcha Julien. L'un entoure l'ensemble des bâtiments du monastère ; à l'intérieur, le second protège uniquement l'église. On accède à la basilique par la salle du roi.

– Bien vu, reconnut Kim.

Elle portait une robe sombre, recouverte d'une modeste blouse en lin marron resserrée par une cordelette. Tous trois étaient chaussés de brodequins. Les garçons étaient vêtus de larges culottes, nouées par un cordon, sur lesquelles pendait une chemise blanche en lin.

– Pas extraordinaire comme tenue, mais je vais faire avec ! commenta Kim. Quant à vous deux…

– Attention ! cria Julien.

Il n'eut que le temps de pousser ses amis à l'abri des arcades : un bœuf tirant un énorme chariot de légumes, mené par un paysan aux pieds nus, martela le pavé devant eux. Une cohue formée d'hommes et de bêtes se bousculait pour avancer.

– Il y en a, du monde, par ici ! s'étonna Kim. Moi qui pensais trouver un monastère retiré…

Elle prit Kija dans ses bras pour la protéger.

– L'aumône, par pitié, l'aumône ! quémanda une voix au même instant.

Son propriétaire était vêtu de l'habit gris et usé du pèlerin et d'un chapeau en feutre à larges bords. Sa main droite s'agrippait à un grand bâton ; l'autre était tendue vers les enfants :

– Aidez un pauvre pèlerin, Dieu vous le rendra !

– Ce serait avec plaisir, mais je n'ai pas d'argent ! dit Kim.

L'homme fronça les sourcils :

– Vous n'avez pourtant pas l'air bien pauvres ! Vous aussi, vous venez vous recueillir sur les *reliques de saint Nazaire* ?

Les trois amis échangèrent un regard interrogateur.

– Saint Nazaire ? Euh, oui… Oui, c'est ça, bredouilla Julien

– Je ne sais pas si je dois vous croire, grommela l'individu.

Il s'empara d'une *gourde de pèlerin* accrochée à sa ceinture et avala une gorgée de liquide :

– Après tout, peu importe ! Je perds mon temps avec vous.

Il se détourna sans les saluer, s'avança d'un pas pesant à la rencontre d'une grosse dame et lui demanda la charité.

– Saint Nazaire semble célèbre dans ce coin, fit Kim. Au fait, Léo, comment va ton rhume ?

– Disparu ! lança le garçon, rayonnant. Je vous le dis : rien de tel qu'une petite expédition pour guérir les rhino-pharyngites ! Mais il y a peut-être une autre explication : le temps est bien meilleur qu'à Siebenhann. C'est l'été, ici ! Merci, Tempus, d'avoir choisi cette saison !

– Tu as raison ! s'écria Kim. Allons faire un tour du côté du monastère. Il va bientôt faire nuit, et il faut qu'on trouve un endroit où dormir.

Ils jetèrent un œil à l'intérieur du bâtiment : devant eux se trouvaient un atrium rectangulaire, une chapelle et, en enfilade, la basilique Saint-Pierre Saint-Paul, flanquée de ses deux tours. Elle était très différente de ces riches édifices élancés, dont le clocher cherche à atteindre le ciel. Son assise imposante lui donnait un aspect plutôt massif ; ses fenêtres étaient étroites et sa façade restait sobre. Ils eurent l'impression que seuls le travail, le recueillement et la sagesse avaient leur place en ce lieu dépouillé.

– On ne trouvera pas d'hébergement ici, constata Kim. On ferait mieux de suivre les marchands.

Ils se dirigèrent vers le côté sud de l'atrium. La vie grouillait autour de l'église. Visiblement, Lorsch ressemblait plus à une petite ville qu'à un simple monastère. On y trouvait une infirmerie, une école, des greniers à céréales, des brasseries, de nombreux ateliers, fontaines et écuries, un moulin, une boulangerie, des jardins potagers et une auberge pour les pèlerins. Le quartier était en pleine effervescence. Des coups de marteau retentissants s'échappaient d'une forge. Un marchand de couleurs proposait un vert clair fait avec de la noix de galle, un pourpre éclatant fabriqué à partir de la glande du murex et un bleu étincelant composé de brisures de lapis lazuli, une pierre semi-précieuse. Un paysan vendait des carottes, du céleri, des pois et des betteraves fourragères. Près de son étal, un saltimbanque habillé de teintes vives jonglait avec quatre balles, tandis que, de loin, parvenait la voix puissante d'un chanteur.

Les enfants se promenèrent pendant une demi-heure. Ils admirèrent, fascinés, les grands jardins botaniques entourés de clôtures, mais ne purent trouver aucun refuge pour la nuit. À l'instant où Kim allait demander à un berger s'il pouvait les accueillir en échange de travail, Kija miaula. La curiosité en éveil, les trois amis se penchèrent vers elle :

– Tu as vu quelque chose ?

La chatte inclina la tête et bondit en direction de l'auberge ; les jeunes gens la suivirent en courant.

Le propriétaire se tenait devant la porte. C'était un solide gaillard de petite taille et de forte corpulence, portant un tablier. Il secouait l'un de ses employés en criant :

– C'en est trop ! Espèce de voleur, de bon à rien ! Je t'ai donné du travail, je t'ai logé, je t'ai grassement payé... et comment me remercies-tu ? En me volant ! Cette fois, la coupe est pleine : disparais, et ne reviens plus jamais par ici !

– Pitié ! Au nom de Dieu, je le jure, c'est un malentendu, geignit l'individu. Je ne sais pas comment ces pièces...

– Un malentendu ? Laisse-moi rire ! le coupa le tavernier.

Il fit un rapide signe de croix et ajouta :

– Fais-moi le plaisir de laisser le Tout-Puissant en dehors de cette affaire !

Puis il le chassa.

– Fripouille ! marmonna-t-il entre ses dents en tournant les talons.

Julien l'interpella :

– Tu cherches de la main-d'œuvre ?

L'homme les toisa des pieds à la tête :

– Je ne vais tout de même pas embaucher des enfants.

– Pourquoi pas ? rétorqua le garçon.

L'aubergiste plissa les yeux et caressa son menton mal rasé :

– Hum, je ne sais pas... Trois enfants... avec

un chat… mais mon auberge est pleine à craquer, et j'ai vraiment besoin d'aide. Je vais vous prendre à l'essai. Vous serez logés, nourris, et si vous travaillez correctement, je vous donnerai un salaire. Au fait, je m'appelle Wenzel, et je suis le patron de cet établissement.

Les jeunes gens se présentèrent et Julien débita l'histoire habituelle : ils étaient de pauvres orphelins ayant perdu leurs parents. Wenzel sembla avoir peine à le croire, cependant la perspective de disposer de trois nouveaux employés chassa vite ses doutes.

– Très bien, je vais vous montrer l'endroit où vous pourrez dormir, leur annonça-t-il.

Ils s'engouffrèrent dans la taverne sombre au plafond bas et noir de suie. Elle était éclairée par trois minuscules fenêtres laissant à peine filtrer la lumière. Dans la salle, une dizaine de tables rustiques, entourées de simples tabourets en bois, attendaient les clients. Au fond se trouvait le comptoir où trônait un tonneau de bière. Derrière, on voyait un passe-plat donnant sur la cuisine. À côté, un escalier desservait les

chambres du premier étage. Après l'avoir emprunté, Wenzel se dirigea vers le bout du couloir et gravit en gémissant l'échelle qui menait sous le toit. Les trois amis découvrirent leur modeste quartier équipé de trois paillasses.

– Reposez-vous un moment si vous voulez, leur proposa-t-il. Vous avez certainement fait un long voyage.

– Ah ça, oui ! répondit Julien sans lui donner plus de précisions.

L'aubergiste mit les poings sur les hanches :

– Je vous préviens tout de suite : n'essayez pas d'abuser de ma gentillesse. Il n'y a pas de place ici pour les paresseux ! Dans une heure, je veux vous voir en bas, prêts à servir les clients ! Attention à vous : si vous êtes tentés de me voler, je m'en apercevrai immédiatement.

Sur ces mots, il redescendit, faisant craquer les barreaux sous son poids.

– Ce n'est pas un hôtel quatre étoiles, c'est sûr, commenta Kim en s'étendant sur son matelas. Mais je ne me plains pas ; ce qui compte, c'est que nous ayons trouvé un logement !

Elle jeta un coup d'œil sur Kija :

– J'ai l'impression que notre princesse égyptienne va se plaire ici…

Elle avait raison : tout excitée, la chatte bondissait au milieu du bric-à-brac entassé dans le grenier.

– Je parie qu'elle a flairé la trace d'une souris. Espérons que, nous aussi, on sera bientôt sur la piste de l'élixir du Diable ! s'écria Julien.

– Ça ne fait aucun doute ! répliqua Léo en pensant aux jardins botaniques. Si cette potion existe vraiment, c'est ici qu'on trouvera des informations à son sujet !

3. Meurtre dans la chambre d'hôtel

Une heure plus tard, les enfants descendirent dans la salle de l'auberge où les premiers clients étaient déjà attablés. Kija prit place sur un rebord de fenêtre étroit pendant que les jeunes gens se dirigeaient vers le comptoir, derrière lequel Wenzel remplissait de grandes chopes de bière. D'appétissants effluves de viande rôtie et d'oignons s'échappaient de la cuisine.

– Ah, vous voilà ! s'exclama l'aubergiste en s'essuyant les mains sur son tablier maculé. L'un d'entre vous sait-il cuisiner ?

– Moi, un peu ! fit Léo.

– Parfait. Va en cuisine aider Gertrude, mon épouse. Vous deux, prenez ces cruches et posez-les sur les tables là-bas.

Ils s'exécutèrent. Léo fit la connaissance de Gertrude, une femme très maigre aux yeux verts et méfiants, parlant peu. Elle ordonna au garçon d'émincer un bouquet de persil ; elle-même remuait sur le feu le contenu d'un imposant chaudron dégageant un fumet délicieux. Kim et Julien apportèrent des boissons, des corbeilles de pain, des assiettes de soupe et des plateaux garnis de viande aux convives appartenant à toutes les origines sociales. De riches marchands s'offrant un festin côtoyaient de pauvres pèlerins qui ne pouvaient se payer qu'un bouillon de légumes et un morceau de pain.

Bientôt, la pièce fut pleine à craquer, et l'atmosphère devint suffocante.

– Plus vite ! Plus vite ! les pressait Wenzel.

Son visage était cramoisi et de la sueur perlait sur son front.

Kim se dirigea vers le fond de la salle et déposa des gobelets et du vin devant quatre personnes installées dans l'angle, conversant à mi-voix. Elle s'apprêtait à repartir lorsqu'elle s'immobilisa brusquement. Ne venait-elle pas d'entendre les mots « potion du Diable » ? Son pouls s'accéléra. Elle se baissa, faisant mine d'avoir laissé tomber quelque chose par terre, et tendit l'oreille. Par chance, des bribes de conversation chuchotées, mais audibles, parvenaient jusqu'à elle :

– Je suis sûr que tu es au courant de quelque chose. Tu connais les plantes sur le bout des doigts, soufflait l'un des convives au plus âgé d'entre eux. Allez, je t'offre encore un verre de vin, mais en échange tu dois nous dire ce que tu sais. Tu m'entends ?

Kim se redressa et risqua un coup d'œil sur le vieil homme. Il avait un visage allongé, des sourcils broussailleux, et il hochait mollement la tête.

– Dépêche-toi, bon sang, parle ! l'exhortaient les autres.

Kim changea de place. La table voisine venait de se libérer ; elle se mit à la desservir lentement tout en tendant l'oreille.

– Il existe, n'est-ce pas ? Allez, raconte ! Nous sommes venus de loin pour faire ce pèlerinage. On dit que tu es le meilleur, que c'est toi qui en sais le plus ! fit l'un des plus jeunes.

– Sur l'élixir du Diable…, compléta un autre.

– Chut ! ordonna le troisième.

Aux mots « élixir du Diable », un frisson parcourut le dos de Kim.

Le vieux dodelinait toujours de la tête :

– Ainsi, vous êtes venus jusqu'ici juste pour cette potion ? Et pas pour saint Nazaire ?

– Mais non, tu n'as rien compris, au nom du ciel ! Nous sommes bien des pèlerins. Nous avons entendu parler de l'élixir à notre arrivée au monastère, et nous voulons des renseignements sur cette boisson magique…

Le vieil homme se leva brusquement et repoussa le tabouret sous la table.

– Je ne peux pas vous aider, déclara-t-il d'un ton froid. Rien que de prononcer le nom de ce maudit breuvage porte malheur !

Il posa quelques pièces devant Wenzel et quitta l'auberge sans un mot.

– Comment s'appelle ce client ? demanda Kim au tavernier tout en déposant des verres vides sur le comptoir.

Wenzel se gratta le crâne :

– Qui ? Le type qui vient de sortir ? C'est Gottfried, un vieil original. Il vit tout seul en bas, au village. Des choses étranges circulent à son sujet… Les commérages habituels, quoi ! N'empêche, dès que quelqu'un est malade, on se précipite chez lui. Il s'y connaît en plantes médicinales, Dieu en est témoin !

Kim hocha la tête et prit des chopes remplies de bière. Elle se fraya un chemin à travers le local enfumé et tomba sur Julien qui nettoyait une table. En quelques mots, elle lui raconta ce qu'elle venait d'apprendre sur Gottfried.

– Hé ! C'est quoi, ces bavardages ? cria Wenzel depuis l'autre bout de la pièce. Toi, la fille, porte ce plateau à l'étage. Le Bavarois de la chambre 1 veut du rôti. Tout de suite, j'ai dit !

– J'y vais !

Kim prit la commande, grimpa au premier, s'arrêta devant la porte marquée du chiffre 1 et frappa. Un cri étouffé lui répondit ; puis elle entendit un coup violent, et des pas précipités. « Que se passe-t-il là-dedans ? se demanda la jeune fille dont la peau se couvrait de chair de

poule. Sans aucun doute, quelque chose d'inquiétant... »

Elle tambourina. Silence. Pas de réaction. Elle posa le plateau par terre, rassembla tout son courage et appuya sur la poignée. Fermée. Kim réfléchit un instant : il restait le trou de la serrure... Elle se baissa et scruta la chambre. Elle était spacieuse, faiblement éclairée par une bougie. Tout à coup, quelque chose passa juste devant son œil. Elle sursauta, recula machinalement, puis se hâta de reprendre son inspection. Elle eut juste le temps d'apercevoir une silhouette s'échapper par la fenêtre. Au même instant, un gémissement parvint de l'intérieur. Le cœur de la jeune aventurière se mit à battre la chamade : une scène dramatique était en train de se dérouler dans cette pièce. Il fallait agir, trouver de l'aide, et vite !

Elle cria.

Les marches de l'escalier craquèrent, et une seconde plus tard Wenzel apparut, suivi des garçons, de Kija et de quelques clients.

– Quel est le problème ? beugla l'aubergiste. Pourquoi as-tu cri... ?

– Quelque chose de grave est arrivé ! l'interrompit Kim. As-tu la clé ?

Il sortit en grognant un lourd trousseau, ouvrit la porte et passa la tête à l'intérieur.

– Oh, mon Dieu ! s'écria-t-il

– Qu'est-ce qu'il y a ? demanda Léo.

Wenzel se retourna brusquement :

– Un type est allongé sur le ventre. Je crois bien que c'est Johannes Furmer... Courez chercher l'infirmarius ! Dépêchez-vous !

Tandis que quelqu'un s'exécutait, Wenzel,

accompagné de deux acolytes, entra dans la chambre. Les jeunes gens voulurent le suivre, mais il le leur interdit.

– Ce n'est pas un spectacle pour les enfants, lâcha-t-il d'un ton sourd.

Ils durent attendre à l'extérieur, l'oreille tendue.

– Le malheureux n'a plus besoin d'infirmarius, fit Wenzel. Il a été poignardé !

Les trois amis échangèrent un regard plein d'effroi.

– Qui est-ce ? demanda quelqu'un.

– Un marchand du Sud, répondit le tavernier. Il vient d'un village des Alpes dont j'ai oublié le nom. Il voulait faire des affaires par ici.

Les curieux, de plus en plus nombreux, se pressaient dans le couloir, poussant petit à petit les enfants dans la pièce.

– Un meurtre dans un monastère ! Que Dieu nous protège ! brailla une femme.

Wenzel leva les mains dans un geste d'apaisement :

– Messieurs, dames, s'il vous plaît, du calme !

Il dissimula le corps sans vie sous une couverture.

Au milieu de la confusion générale, personne n'avait remarqué que les trois amis et Kija étaient maintenant à l'intérieur. Kim en profita pour raconter aux garçons ce qu'elle avait observé.

– Tu l'as vu s'échapper ? souffla Léo en ouvrant de grands yeux. À quoi ressemblait-il ?

– Je… je ne sais pas, balbutia Kim. C'est allé si vite !

Léo, plongé dans une profonde réflexion, triturait le lobe de son oreille :

– Pourquoi a-t-on tué Johannes Furmer ?

Julien haussa les épaules :

– Bonne question…

– En tout cas, pas pour de l'argent ! lança Kim.

Les garçons la regardèrent, surpris :

– Comment le sais-tu ?

– Il n'y a rien qui vous choque, sur la table de nuit ? murmura-t-elle.

Les garçons regardèrent le petit meuble.

– Mais oui, tu as raison ! s'exclama Julien avec excitation. Sa bourse n'a pas bougé !

– Bien vu, Kim, tous mes compliments ! Le mobile n'était pas l'appât du gain, en déduisit Léo.

– Laissez passer l'infirmarius ! cria quelqu'un.

L'assemblée s'écarta, et un moine entra d'un pas leste. Il examina rapidement la victime, étendue sur le sol, puis secoua la tête.

– Il est mort, constata-t-il froidement. Adalung a-t-il été averti ?

– L'*abbé* ? fit Wenzel, abasourdi. Ah oui, c'est vrai, il faut le prévenir. Il doit enquêter sur cet incident…

– Absolument, confirma l'infirmarius d'un ton irrité. N'oublie pas que ce que tu appelles un « incident » est un meurtre !

– Oui, bien sûr, s'empressa de reconnaître Wenzel.

Il s'adressa sans ménagement aux curieux :

– Maintenant, tout le monde dehors ! Et, s'il vous plaît, n'ébruitez pas cette affaire !

Tous quittèrent la pièce où gisait le cadavre.

Dans la salle de l'auberge, les spéculations allaient bon train. Chacun avait son idée sur ce qui s'était déroulé dans la chambre du marchand. Wenzel ne leur ayant donné aucune nouvelle tâche, les enfants s'installèrent à une table.

– Ce n'était pas un crime crapuleux, répéta Léo. Qu'est-ce qui pouvait intéresser le meurtrier ?

– Et si c'était tout de même l'argent ? Il se peut que Kim l'ait dérangé, suggéra Julien.

La jeune fille fronça les sourcils :

– Je ne crois pas. Le lit et la table de nuit sont à côté de la fenêtre. S'il voulait la bourse, il pouvait la prendre avant de s'enfuir. Non, l'assassin cherchait autre chose, j'en suis sûre.

– Mais quoi ? Quel était son mobile ? insista Léo.

– La jalousie, la vengeance, les dettes ? Il y a des milliers d'explications possibles ! soupira Julien. Pour le moment, nous n'avons aucun indice.

– L'élixir du Diable a peut-être un rapport avec ce crime, chuchota Kim.

– Qu'est-ce qui te fait dire ça ?

Elle haussa les épaules :

– Aucune idée… Mais c'est curieux tout de même que des gens aient parlé de cette potion ce soir.

– Pur hasard ! objecta Léo.

Elle le regarda droit dans les yeux :

– Ah oui ? Parce que, toi, tu crois au hasard…

4. Un sinistre abbé

Le lendemain, Wenzel réveilla les enfants dès le chant du coq.

– Allez, hop, debout ! Je ne vous paie pas pour dormir ! cria-t-il. Le travail vous attend !

– Déjà ? protesta Kim en bâillant.

– Absolument. Il faut monter les affaires de Furmer au grenier.

– Quoi ?

– Vous avez bien entendu, dit l'aubergiste. Descendez dans sa chambre, rassemblez ses vêtements et apportez-les ici. Moi, je garderai juste sa bourse. Il faut vider les lieux pour que je puisse en disposer de nouveau. On stockera tout ça dans ce coin, jusqu'à ce que sa famille se fasse connaître… à condition qu'il en ait une, bien entendu ! Dans le cas contraire, c'est le monastère qui récupérera ses effets.

– La chambre va être relouée ? C'est rapide, tout de même ! remarqua Kim.

Wenzel la regarda, étonné :

– Qu'est-ce que tu veux ? Qu'on la transforme en lieu de pèlerinage ? Balivernes ! Il faut que la vie reprenne son rythme normal le plus rapidement possible. Les premiers ragots courent déjà : on dit que mon auberge est maudite ! Tu réalises ce que ça signifie pour moi ?

Kim fixait le sol en silence.

– Plus vite l'eau aura coulé sous les ponts, mieux ce sera ! Et pas seulement pour moi, pour tout le monastère ! Bon, assez de bavardages, conclut-il sèchement. Au travail ! Je descends aussi, je vais vous montrer ce qui lui appartient.

Dans la chambre de Furmer, Gertrude, à genoux devant le lit, tentait de frotter la tache de sang sombre qui maculait le sol, et qui visiblement lui donnait du fil à retordre.

– C'est un signe, marmonnait-elle. J'en suis sûre !

– Qu'est-ce que tu racontes ? aboya Wenzel.

Elle leva ses yeux cernés vers lui. Son visage était livide.

– Je te dis que c'est un signe, répéta-t-elle à voix basse. Je n'arrive pas à nettoyer cette souillure. Le Tout-Puissant ne veut pas qu'on l'efface. À moins qu'il y ait une autre raison : peut-être le di…

– Tais-toi, idiote ! cria Wenzel en levant la main comme s'il voulait la frapper.

Elle se remit sur-le-champ à frotter énergiquement en murmurant une prière.

– À vous ! ordonna le tavernier. Prenez le sac, le pardessus et les vêtements qui sont sur cette chaise et faites-moi disparaître tout ça là-haut ! Je vous retrouve en bas dans un moment. Exécution !

Kim grimpa à l'échelle, le manteau sous le bras. Elle fut accueillie par Kija, qui avait regagné le grenier la première. D'habitude très calme, la chatte se mit à sauter autour de la jeune fille avec excitation.

– Fais attention, tu vas me faire tomber ! s'exclama Kim. On jouera plus tard !

La chatte avait un comportement étrange, trahissant de la nervosité.

– Mais qu'est-ce qui te prend ? lança-t-elle.

Kija répondit par un miaulement en continuant à tourner autour des habits de Furmer.

– Vous comprenez ce qu'elle veut nous dire ? demanda Kim aux garçons.

Elle prit Kija dans ses bras pour la caresser.

– Non, fit Julien. Peut-être qu'elle s'ennuie ? On ferait mieux de redescendre, Wenzel est vraiment de mauvais poil aujourd'hui…

– Ça, c'est sûr ! s'exclama Léo. Moi, je trouve qu'il est drôlement pressé d'oublier le meurtre, et de faire comme si rien ne s'était passé, pas vous ?

– Je l'ai remarqué aussi, dit Kim. Je comprends que cette histoire de crime soit catastrophique pour son affaire, mais il exagère. Son comportement est bizarre, pour ne pas dire suspect !

Julien fronça les sourcils :

– Qu'est-ce que vous voulez dire par là ? Qu'il pourrait être le coupable ?

Kim et Léo se turent.

– Je vous conseille d'être très prudents dans vos spéculations ! les mit en garde le garçon. Nous n'avons aucune preuve permettant d'affirmer que Wenzel a tout manigancé.

– C'est vrai, admit Kim. Nous avons trop peu d'indices. Et il faut y remédier ! On devrait aller enquêter aux environs du monastère et glaner le plus d'informations possibles sur Furmer. Que venait-il faire ici ? Qui a-t-il rencontré ? En répondant à ces questions on dénichera peut-être une piste…

Wenzel les harcela toute la matinée : ils durent balayer la salle, faire la vaisselle, servir le déjeuner des clients, et aider Gertrude en cuisine. La femme de l'aubergiste, déjà peu bavarde d'ordinaire, n'avait plus ouvert la bouche depuis l'incident du matin. Son visage était blanc comme un linge.

En début d'après-midi, Johannes Furmer fut discrètement enterré par quelques *bénédictins* dans le cimetière de l'abbaye. Personne n'avait été invité à ses obsèques. Poliment mais fermement, les moines tinrent les curieux à distance. Les enfants, qui avaient obtenu une pause de deux heures et erraient dans le monastère à la recherche de renseignements, furent logés à la même enseigne. Ils avaient interrogé des commerçants, des artisans et des pèlerins, mais, en dépit du fait que le meurtre était LE sujet du jour, personne ne savait qui était Johannes Furmer, et aucune rumeur ne filtrait à son sujet. Tous trois se tenaient devant la porte du cimetière, indécis.

– J'ai l'impression que Wenzel n'est pas le seul à vouloir étouffer ce crime, les religieux aussi ! déclara Léo, l'air sombre.

– Je suis d'accord avec toi, dit Julien. Peut-être que certains moines ont peur ? En attendant, le meurtrier court toujours !

Tout à coup, une pensée terrible traversa l'esprit de Léo :

– Dis-moi, Kim, tu crois que l'assassin t'a aperçue en s'échappant ?

– Pourquoi me demandes-tu ça ?

– Parce que, si c'était le cas, tu serais en grand danger ! répondit Léo. Il y aurait toutes les chances qu'il veuille t'éliminer pour t'empêcher de le reconnaître !

– Non, répliqua Kim. Il ne m'a pas vue, c'est certain. Sinon, j'aurais distingué son visage.

– Ça paraît logique, reconnut Léo, un peu soulagé. Allons faire un tour du côté des échoppes. Peut-être qu'on trouvera un marchand qui connaissait Johannes Furmer.

Ils se mirent en route. Bientôt, ils croisèrent un jeune frère portant la tenue typique des moines : des chaussures en cuir cousues à la main et une chemise blanche en lin recouverte d'une *coule*, l'ample manteau à capuche porté par les religieux. Un chapelet en bois et un couteau étaient attachés à sa ceinture.

– Bonjour, les enfants ! C'est vous que je cherchais, leur lança-t-il amicalement.

Son visage doux rayonnait :

– Quel beau chat vous avez là !

Il se pencha sur Kija et lui caressa la tête.

– Que nous vaut l'honneur de cette rencontre ? demanda Julien tout aussi poliment.

Le bénédictin passa la main sur sa *tonsure*, jeta un œil par-dessus l'épaule et leur expliqua à voix basse :

– C'est à propos de ce meurtre, que Dieu nous protège !

Il regarda Kim droit dans les yeux :

– Nous avons appris que tu y avais assisté !

– Je n'ai vu qu'une silhouette qui s'enfuyait, rien de plus, hélas ! rectifia-t-elle en secouant la tête.

– Adalung, notre abbé, aimerait néanmoins te parler. Le moindre détail dont tu pourras te souvenir a son importance. Il faut arrêter rapidement l'assassin et le juger ; notre abbé n'aura de repos que lorsque justice sera faite. Il s'est chargé personnellement de l'enquête.

– Très bien, je te suis, déclara Kim. Mes amis peuvent-ils m'accompagner ?

Il s'inclina :

– Pourquoi pas... Mais je ne peux vous garantir que l'abbé sera d'accord. Nous verrons. Suivez-moi, je vous conduis dans ses appartements privés. Ils sont à côté de notre bibliothèque et du *scriptorium*.

En chemin, il se présenta : son nom était Quirinus et il était le frère *botanicus*.

– Que faites-vous exactement ? lui demandèrent-ils.

– Je suis responsable des jardins. Chaque religieux a une tâche à accomplir ici. Le *bursar*, notre économe, par exemple, est en charge des finances. Le *camerarius* s'occupe de la cuisine, de la boulangerie et de la brasserie, le *sacratarius* des meubles et des trésors de l'église, et le *vestiarius* de nos vêtements et de la blanchisserie, pour n'en citer que quelques-uns !

– Tu connais donc parfaitement les plantes ? fit Kim, curieuse.

– Oh, oui ! répondit Quirinus avec fougue. C'est Adalung en personne qui m'a appris toutes leurs vertus thérapeutiques. Son savoir en ce domaine est immense ! Pas un *herbarium* au monde n'égale le nôtre. Nous avons planté des espèces extraordinaires, qui se développent à merveille chez nous. Le tussilage, utilisé pour soulager la toux, en est une, comme la cardamine, que nous employons pour soigner

l'inflammation des muqueuses. Nous consignons nos découvertes dans le codex, un manuscrit consacré aux herbes médicinales ; il se trouve dans le scriptorium, notre salle dédiée aux travaux d'écriture. Si vous voulez, je serai heureux de vous montrer nos jardins. Cela me fait toujours plaisir que quelqu'un s'intéresse à mon travail… Bon, nous y sommes.

Ils s'approchaient d'un modeste bâtiment situé derrière la basilique. Quirinus frappa à la porte.

– Entrez ! cria une voix.

Le jeune frère les poussa à l'intérieur de la pièce sombre, dont le seul ornement était un grand crucifix, avant de se retirer. Un homme de grande taille et très maigre au visage impassible était installé à une table. Il se leva et dévisagea les enfants d'un regard sévère.

Une autorité glaciale se dégageait de sa personne. D'une voix rauque, il déclara :

– Mon nom est Adalung, vous le savez sans doute.

– Oui, nous…, commença Julien avant d'être interrompu sèchement.

– *Favete linguis !* Tu prendras la parole quand on t'y autorisera, lui ordonna le supérieur. Tenez cette bête dans vos bras, je ne veux pas qu'elle traîne par ici !

Kija fit le gros dos et poussa un feulement étouffé. L'abbé l'examina avec étonnement, puis ses yeux froids se dirigèrent vers Kim :

– Raconte-moi ce que tu as vu la nuit dernière. Et n'oublie rien !

Tandis qu'elle s'exécutait, Adalung arpentait la pièce de long en large. Lorsqu'elle eut terminé, la mine du religieux était encore plus sombre :

– Est-ce vraiment tout ? demanda-t-il irrité.

Kim hocha la tête.

– Ça ne nous avance pas beaucoup, soupira-t-il. Il est possible que le meurtrier soit toujours dans le monastère – *quod Deus avertat !* Sortez maintenant !

Il s'assit et ne dit plus un mot. Les trois amis se retirèrent sans bruit et retrouvèrent la luminosité du soleil de midi.

– Drôle de type, commenta Kim. Je n'ai rien compris aux phrases en latin, et vous ?

– Rien du tout ! lança Léo.

– Moi, si ! lâcha Julien.

Léo éclata de rire :

– Arrête de te vanter !

– Je dis la vérité ! se défendit le garçon. *Favete linguis*, ça veut dire « tiens ta langue » ! et *quod Deus avertat*, je crois que c'est « Dieu nous en préserve ». J'adore le latin !

– Allons rendre visite aux marchands, suggéra Kim. Et tâchons de découvrir si quelqu'un connaissait Johannes Furmer.

Hélas, une fois de plus, leurs minutieuses recherches n'eurent pas le résultat escompté : l'homme était un inconnu, et personne ne semblait l'avoir vu le soir de sa mort.

Déçus, ils prirent le chemin de l'auberge, où Wenzel les attendait avec une foule de tâches à accomplir. La salle de restaurant était de nouveau pleine à craquer. Contrairement à ce que l'aubergiste craignait, les pèlerins et les marchands ne boudaient pas son établissement.

Ce n'est que peu avant minuit que les enfants purent rejoindre leur grenier. Léo monta en tête, une bougie à la main.

– Ah ! Flûte ! cria-t-il tout à coup.

– Que se passe-t-il ? demanda Kim, exténuée.

– Venez vite ! Quelqu'un a fouillé dans les affaires de Furmer !

5. La cachette

Les habits du marchand, que Kim avait soigneusement pliés, gisaient éparpillés sur le sol.

– C'est bizarre ! s'exclama Julien en ramassant le manteau. Son chapeau est là, ainsi que son sac et le reste de ses vêtements… On n'a rien dérobé !

– Attends, je vérifie, dit Kim.

Elle inspecta le pardessus, puis la grosse besace en cuir, et finit par conclure :

– Tu as raison. Apparemment, il ne manque rien.

Léo s'était assis sur son matelas :

– C'est insensé ! Le voleur a forcément pris

quelque chose !

– Pas sûr, intervint Julien. Peut-être n'a-t-il pas trouvé ce qu'il cherchait…

– Pure supposition, fit remarquer Léo, pas très convaincu. Furmer possédait peu de vêtements, ce n'était pas difficile de les passer en revue. Ce qu'il faudrait savoir, c'est QUI est monté ici…

Kim s'installa près de Léo :

– Bonne question ! Procédons par ordre : qui savait que les objets personnels de Furmer étaient rangés dans le grenier ?

Les garçons la regardèrent, interloqués.

– Wenzel ! conclut Kim.

– Et sa femme, ne l'oublie pas ! compléta Léo.

– C'est vrai, Gertrude était au courant, elle aussi, fit Kim. Mais je pencherais plutôt pour Wenzel. Son comportement depuis le début de cette histoire est suspect… Je suis sûre qu'il est dans le coup.

Julien faisait tourner le chapeau en feutre entre ses mains :

– Serait-il possible qu'il soit le meurtrier ?

– Qu'est-ce que tu veux dire par là ?

– C'est simple : où se trouvait-il quand Kim s'est mise à crier ? Était-il en bas, dans la salle ? Dans la cuisine ?

Léo secoua la tête :

– Pas dans la cuisine, j'en suis sûr.

– Ni dans le restaurant ! enchaîna Julien. Kim, qui est arrivé le premier sur les lieux ?

– Wenzel, fit-elle, le cœur battant. Mais qu'est-ce que ça prouve ?

– Tout simplement qu'il était dans les parages quand le crime a été commis ! expliqua Julien, les yeux brillants d'excitation.

Kim jouait nerveusement avec une mèche de ses cheveux :

– J'ai vu l'assassin s'enfuir par la fenêtre. Si c'était Wenzel, comment aurait-il pu retourner à l'intérieur et faire irruption dans le couloir qui dessert les chambres quelques instants après ?

– Allons vérifier si c'est possible ! suggéra Léo.

Ils se faufilèrent dehors et se postèrent à l'arrière, devant la fenêtre de la pièce qu'avait occupée Furmer. Juste en dessous se trouvait un abri à chèvres.

Léo désigna du doigt le cabanon :

– Le meurtrier a pu sauter sur ce toit, puis courir jusqu'à cette autre lucarne pour entrer de nouveau dans le bâtiment ! Il ne lui restait plus qu'à répondre à l'appel de Kim comme si de rien n'était !

– Un peu risqué comme tactique..., observa la jeune fille. En agissant ainsi, il retournait sur les lieux de son crime !

– Ce n'était pas si dangereux que ça puisque personne n'avait de raison de le soupçonner, rétorqua Léo.

Un miaulement attira leur attention.

– Tu as une autre idée, Kija ? demanda Kim.

Un deuxième « miaou » retentit, plus fort cette fois. Puis la chatte fila vers l'auberge.

– Vous croyez qu'elle veut nous montrer quelque chose ? fit Julien.

– Ce ne serait pas la première fois ! lui rappela la jeune fille.

Kija traversa la maison endormie pour rejoindre le grenier ; les enfants la suivirent sur la pointe des pieds. Arrivés en haut, ils allumèrent une bougie.

– Si tu voulais me dire d'aller au lit, Kija, c'était une super idée, soupira Léo.

Il bâilla à se décrocher la mâchoire :

– Je n'en peux plus !

Mais la chatte avait visiblement autre chose en tête. Elle se dirigea vers le manteau de Furmer et posa sa patte sur la manche gauche.

– Qu'est-ce qui lui arrive ? s'interrogea Kim.

Elle s'accroupit près de Kija qui, les yeux grands ouverts et les oreilles rabattues, avait sorti ses griffes et s'était mise à gratter l'étoffe du vêtement.

– Elle veut peut-être jouer ? suggéra Léo.

Il s'écroula sur son matelas de paille.

– Non ! s'écria Kim. Elle essaie d'attirer notre attention sur ce pardessus.

Elle palpa la manche.

– Qu'est-ce que c'est que ce truc ? s'exclama-t-elle tout à coup.

Les deux garçons s'approchèrent.

– Il y a quelque chose à l'intérieur ! Touchez… Vous sentez ?

Julien et Léo palpèrent à leur tour le morceau de tissu.

– Tu as raison, on dirait que c'est cousu dans la doublure ! s'écria Léo.

Kim se leva.

– Il nous faut un objet pointu ! fit-elle, tout excitée. Julien, passe-moi ton couteau de poche !

Avec précaution, elle défit une couture sous l'œil très intéressé de Kija, qui fouettait le sol avec sa queue.

L'opération terminée, la jeune fille plongea prudemment les doigts dans la manche et en sortit quelques feuilles et des racines. La plante avait une forme curieuse : elle ressemblait au corps d'un homme qui aurait eu des pousses sur le crâne.

Léo était perplexe :

– Qu'est-ce que ça peut bien être ? Une ration de survie ?

– Non, ce n'est pas possible. Personne ne se donnerait autant de peine pour camoufler quelque chose d'aussi banal, objecta Kim. Je crois plutôt qu'il s'agit d'une espèce très rare…

– C'est-à-dire ? demanda Julien.

Soudain, il commença à comprendre :

– Tu penses que ce végétal a un rapport avec l'élixir du Diable ?

Kim plissa le front :

– Possible. Ce qui est sûr, c'est qu'il doit avoir une très grande valeur, pour que Furmer se soit donné tant de mal à lui trouver une si bonne cachette !

– Si bonne que l'assassin ne l'a pas découverte ! souffla Léo. Mais Kija, elle, a réussi !

Il caressa la tête de la chatte, qui se mit à ronronner.

– Cette herbe doit être sacrément précieuse : quelqu'un a été jusqu'au meurtre pour se la procurer ! s'écria tout à coup Léo.

Il saisit l'une des racines et l'examina à la lueur de la bougie :

– Je me demande ce que c'est…

– Il faut qu'on arrive à le savoir tout en restant très discret, déclara Kim. Dès demain, on va rendre visite à Quirinus. C'est lui qui connaît le mieux la botanique. On pourrait également s'adresser au vieux Gottfried…

– Ou à Adalung. Lui aussi est un expert en plantes médicinales ! intervint Julien.

– Je préfère Quirinus, trancha Léo. Il est beaucoup plus sympathique !

– Tu as raison, approuva Kim. Maintenant, à notre tour de dissimuler le mieux possible notre trouvaille.

Julien tendit les mains :

– Donne-la-moi, je vais la mettre dans la bourse que j'accroche à ma ceinture.

– D'accord, mais fais bien attention ! lui recommanda Kim.

– Évidemment, qu'est-ce que tu crois ? rétorqua Julien, vexé. Je ne vais pas la quitter des yeux !

– Ce n'est pas ce que je voulais dire. C'est à toi que tu dois faire attention ! Te voilà maintenant en possession d'un trésor pour lequel un homme n'a pas hésité à tuer… Et cet individu est peut-être ici même, dans l'auberge !

Julien déglutit : il n'avait pas pensé à ça. Ses mains enserrèrent la plante ; il remarqua avec irritation que ses doigts tremblaient…

6. Dans le jardin botanique

Le lendemain matin, les trois amis accomplirent leurs tâches habituelles dans l'auberge sous l'œil bougon et méfiant de Wenzel. Julien veillait sur les racines et les feuilles comme sur un trésor miniature. Il avait l'impression que l'aubergiste le surveillait sans cesse, mais ce n'était peut-être qu'un effet de son imagination. Il resta néanmoins sur ses gardes tout en essayant de ne pas lâcher Wenzel des yeux. Au cours de l'après-midi, l'occasion de quitter les lieux se présenta : en proie à des maux d'estomac, Wenzel était sur le point de se retirer.

– Et si on demandait à un moine de nous donner une infusion contre les douleurs ? proposa Kim, l'air innocent.

Wenzel marmonna :

– Non, c'est inutile. Je ne crois pas à ces histoires de plantes miraculeuses. Laissez-moi tranquille, disparaissez !

Ils se firent une joie de lui obéir.

– Allons faire un tour au jardin botanique, suggéra Kim. On y trouvera peut-être Quirinus.

Peu après, ils atteignaient la clôture entourant les plantations. L'endroit était désert.

– Vous croyez qu'on peut entrer ? demanda Julien.

– Bien sûr, fit Kim en poussant le portillon. Ils pénétrèrent dans l'univers de l'herbarium de Lorsch, où se succédaient des carrés de végétaux soigneusement entretenus. Plusieurs espèces grimpantes s'enroulaient autour de leurs tuteurs. Un mélange d'odeurs, certaines douces, d'autres acres et relevées, assaillait les narines. Kija s'était arrêtée devant des rangées de valériane, plus connue sous le nom d'herbe-aux-chats, et les flairait avec bonheur. Kim eut toutes les peines du monde à l'en détacher.

Un peu plus loin, ils rencontrèrent un moine

courbé sur un parterre où poussaient de hautes herbes à fleurs blanches. En entendant le bruit de leurs pas, il se redressa : c'était Quirinus.

– Bonjour, mes amis, que Dieu vous garde ! leur lança-t-il gaiement. Qu'est-ce qui vous amène ici ?

– Wenzel, l'aubergiste, ne se sent pas très bien, répondit Kim. Il a mal au ventre.

– Le pauvre ! lâcha Quirinus. Vous avez de la chance, nous sommes juste au bon endroit ! Connaissez-vous ceci ?

Il leur désigna les plantes en face de lui. Les enfants secouèrent la tête.

– C'est du cumin ! leur apprit-il. On en récolte les graines l'été, en ce moment donc. Une fois bouillies, elles calment les crampes et renforcent la paroi de l'estomac. Je vous en donnerai un petit sachet pour Wenzel. Voulez-vous que je vous fasse visiter le jardin ?

– Oh oui, avec plaisir !

Quirinus les entraîna le long des allées en leur expliquant l'utilité de chaque variété. Il s'arrêta devant de longues graminées de près de deux mètres de haut, pourvues de cloches violettes :

– Voici la consoude. Pour pousser, elle a besoin de beaucoup de soleil et d'un sol humide. Avec ses racines, on fait des cataplasmes, excellents pour soulager les ecchymoses et les entorses.

– C'est passionnant ! fit Julien.

Il pétrissait nerveusement la bourse attachée à sa ceinture. Devait-il se lancer, et demander à ce spécialiste le nom de son précieux contenu ?

Quirinus avait fait quelques pas et désignait à présent de petits plants de couleur orange :

– Le souci est une espèce peu exigeante, aux grandes vertus thérapeutiques. Utilisé en infusion, il aide à lutter contre les inflammations buccales.

Julien jeta un coup d'œil à ses amis, qui hochèrent la tête.

– Quirinus..., commença-t-il.

Le frère se retourna et le regarda d'un air encourageant.

– J'ai quelque chose à te montrer, poursuivit le garçon.

Il détacha le petit sac, l'ouvrit et sortit la plante :

– Peux-tu nous dire quelle est cette espèce ?

Quirinus plissa les paupières :

– Hum…, fit-il d'un ton hésitant.

Une minute s'écoula ; il examinait le végétal.

– Non, dit-il enfin. Je n'ai jamais rien vu de semblable. Je ne crois pas qu'il s'agisse d'une plante médicinale, sinon je la reconnaîtrais. Mais laissez-la-moi, je pourrai approfondir mes recherches ou la montrer aux autres membres de la communauté, qui ont de grandes connaissances en botanique.

– Non, merci, c'est inutile, s'empressa de déclarer Julien.

Il saisit les racines et les remit en place sous sa chemise.

– Comme vous voulez, acquiesça Quirinus. Puis-je vous dire quelques mots sur la mauve que vous voyez ici ?

Pendant une demi-heure, il passa en revue l'ensemble de la végétation du jardin. Soudain, la cloche de l'église sonna.

– Oh, il faut que j'y aille, c'est l'heure de la *none* ! s'écria le moine. Nous nous rassemblons pour prier toutes les trois ou quatre heures.

Je dois me dépêcher ! Portez-vous bien, et que Dieu vous garde !

– Nous ne sommes pas plus avancés ! soupira Léo dès que Quirinus se fut éloigné.

– Il nous reste Adalung, lui rappela Kim. Après tout, c'est lui qui a transmis son savoir aux autres. Il pourra peut-être nous renseigner.

– Adalung ? Non, merci. Ce type a quelque chose d'inquiétant, je ne l'aime pas, avoua Julien. Allons plutôt trouver le vieux Gottfried.

Kim et Léo n'étaient pas d'accord. Ils préféraient s'adresser d'abord à l'abbé, dont les connaissances étaient bien plus étendues que celles de Gottfried. De mauvaise grâce, Julien se rangea à leur avis. Les enfants s'installèrent devant les appartements d'Adalung, et jouèrent avec Kija en attendant la fin de l'office.

– Qu'est-ce que vous fabriquez ici ?

Le ton sec les fit sursauter. Effrayés, ils se retournèrent : l'abbé était planté devant eux. On aurait dit qu'il avait jailli du sol, telle l'une des herbes étranges du jardin botanique.

– On… on veut juste vous poser une petite question, balbutia Julien.

– Je n'ai pas le temps ! bougonna le supérieur, en introduisant une grande clé dans la serrure de la porte. Un événement épouvantable s'est produit dans ce lieu consacré à Dieu, si paisible d'ordinaire. Je dois mobiliser toute mon énergie pour arrêter le meurtrier. J'ai engagé des recherches non seulement dans l'enceinte du monastère, mais aussi dans les villages environnants.

– Savez-vous quel est le nom de cet homme ? demanda Julien.

L'abbé, irrité, secoua la tête :

– Non ! Et maintenant, ne m'importunez pas davantage.

Julien insista :

– S'il vous plaît, ce sera rapide. On veut simplement vous montrer quelque chose.

Adalung, qui avait déjà franchi le seuil, soupira :

– Bon, très bien, entrez… Mais soyez brefs !

Les trois amis le suivirent. Dès qu'il eut pris place à sa table de travail, Julien posa son trésor devant lui :

– Pouvez-vous nous dire de quoi il s'agit ?

Adalung fronça les sourcils.

– Non, je ne connais pas cette espèce, déclara-t-il.

Il leva la tête et regarda Julien droit dans les yeux. Le garçon, la colonne vertébrale parcourue de frissons, eut l'impression que le supérieur voyait le fond de son âme.

– Dis-moi, mon jeune ami, comment se fait-il que cette plante étrange soit entre tes mains ? demanda l'abbé d'une voix glaciale.

Julien recula jusqu'à ce que son dos touche ses amis.

– Je l'ai trouvée, répondit-il à toute vitesse. Euh, par terre…

– À quel endroit, précisément ?

– Près du mur, devant la salle du roi.

Adalung baissa enfin son regard, qui jusqu'ici n'avait pas lâché Julien. Le garçon était aussi terrorisé qu'une souris traquée par un oiseau de proie.

– Tout ceci me paraît très étrange ! grogna Adalung. Mais il est possible qu'un herboriste du village l'ait perdue.

– Oui, c'est sûrement ça ! s'exclama Julien,

soulagé. Nous ne voulons pas abuser de votre patience plus longtemps. Peut-être que le vieux Gottfried saura nous dire le nom de cette plante et son origine. Il habite au village. Voulez-vous que nous vous tenions au courant du résultat de notre visite ?

Adalung ricana :

– Gottfried ? Ce vieux fou qui prétend tout connaître des secrets de la nature ? Ce malheureux croit qu'il suffit de musarder dans la forêt et de ramasser quelques baies et racines pour être un spécialiste du monde végétal ! Dieu nous en préserve : c'est faux ! C'est ici, au monastère, et seulement ici, que toutes les connaissances botaniques sont rassemblées. Un pauvre paysan comme lui ne pourra jamais disposer d'un tel savoir !

– Oui, oui, ne vous fâchez pas…, dit Julien en reculant vers la sortie. C'était juste une suggestion !

L'abbé ne dit mot, et les jeunes gens quittèrent la pièce sombre.

– Ouf, je ne suis pas fâché d'être sorti ! soupira Julien, une fois dehors.

Des nuages noirs avaient envahi le ciel, et il commençait à bruiner.

– Moi aussi ! enchaîna Kim. Quel type bizarre ! Toujours si sérieux et plein d'arrogance… Bon, dépêchons-nous de prendre le cumin chez Quirinus. Il faut qu'on file à l'auberge, je suis sûre que Wenzel nous attend avec impatience !

Elle avait raison. L'aubergiste, bouillonnant de colère, les accueillit fraîchement :

– Où étiez-vous passés ? Une montagne de travail vous attend !

– Tiens ! lança Kim, levant vers lui un regard innocent.

Elle lui tendit le petit sachet :

– Nous sommes allés voir Quirinus pour toi. Il nous a donné du cumin, le remède contre les maux d'estomac.

Wenzel refusa d'un geste :

– Je ne crois pas à ces choses là ! Quant à ces guérisseuses, le nez toujours plongé dans les tisanes, je ne préfère même pas en parler ! N'essayez pas de m'entourlouper : je sais que vous me cachez quelque chose ! Pourquoi traînez-vous sans cesse au monastère et posez des questions étranges aux gens ? Vous vous imaginiez que je n'étais pas au courant ? J'ai des oreilles partout dans l'abbaye, et beaucoup d'amis aussi ! Je vais bientôt découvrir ce que vous mijotez ! Et s'il s'avère que vous êtes en train de me duper... alors, gare à vous !

7. L'ombre

Pendant le service du soir, les enfants guettèrent une occasion de s'échapper de l'auberge. Le hasard vint à leur secours : le restaurant qui, pour une fois, n'était pas aussi bondé que d'habitude, se vida très rapidement. Le dernier client partit vers vingt heures trente.

– Un peu de repos ne me fera pas de mal, grogna Wenzel derrière son comptoir en s'essuyant les mains sur son tablier en cuir couvert de tâches de graisse.

Les trois amis en conclurent qu'ils avaient l'autorisation de s'éclipser. Ils regagnèrent le grenier sans que l'aubergiste les retienne et attendirent que plus aucun bruit ne parvienne du rez-de-chaussée. Ils descendirent alors au premier étage et passèrent à pas de loup devant les chambres. Après avoir escaladé une fenêtre, ils sautèrent sur le toit de l'abri à chèvres et atterrirent en silence sur le sol argileux et détrempé.

– Et voilà ! lâcha Julien avec soulagement. Il ne nous reste plus qu'à trouver la maison de Gottfried.

– Ça ne devrait pas être trop difficile, dit Kim. On va se renseigner au village ; il est sûrement connu là-bas.

Kija partit la première et franchit la porte d'enceinte, tandis que la jeune fille demandait son chemin au garde en faction. L'homme lui jeta un regard surpris, mais ne posa pas de questions. Il lui indiqua l'unique route qui desservait le monastère :

– Si vous longez la rivière, vous ne pourrez pas manquer le village.

Mais entre le monastère et le cours d'eau tranquille, il y avait une forêt que les enfants devaient traverser. Soudain, Kim s'immobilisa et se retourna.

– Vous avez entendu ? demanda-t-elle aux garçons.

– Quoi ? firent-ils à l'unisson.

– Des branches ont craqué, juste derrière nous…

– C'est probablement un animal, rétorqua Léo.

– Peut-être, oui, souffla Kim. Ou alors quelqu'un nous suit…

– Tu as trop d'imagination, murmura Julien.

La jeune fille scruta les grands arbres sombres qui se fondaient peu à peu dans l'obscurité.

– Là-bas ! s'écria-t-elle tout à coup. Une ombre vient de bouger !

– Où ? s'enquirent les garçons.

– Ici, juste à côté du grand chêne !

– Je… je ne vois rien, balbutia Julien. Mais il serait plus prudent de rebrousser chemin.

– Tu es fou ! protesta Léo. On est presque arrivés ! Gardons notre sang froid et continuons !

D'un pas résolu, il prit la tête du petit groupe. Il restait toutefois très vigilant et ne lâchait pas les fourrés des yeux. Bientôt, les premières fermes apparurent, et les trois amis se sentirent un peu rassurés. Une jeune femme puisant de l'eau à une fontaine leur indiqua le chemin de la maison de Gottfried :

– Il habite un peu plus loin, à l'orée du bois.

Ses yeux se rétrécirent :

– Qu'est-ce que vous lui voulez ?

– Juste le saluer, répondit Kim, évasive.

– Je n'en crois pas un mot ! riposta son interlocutrice. Vous n'avez pas l'air bien malades, et personne ne vient le voir sans une bonne raison. Seuls ceux qui sont souffrants et ont besoin de ses connaissances lui rendent visite.

– Pourquoi ?

Elle fit la grimace :

– Parce qu'il communique avec les forces obscures, vous comprenez ? Avec le diable !

– Vraiment ?

– Mais oui ! Il n'est pas marié et vit seul, à l'écart. Ce n'est pas normal, c'est contre la volonté divine ! Voilà bien la preuve qu'il a quelque chose à cacher ! En plus, il boîte : signe que Dieu l'a puni pour ses péchés !

Elle se signa, prit son seau et disparut dans sa chaumière.

– Vous êtes sûrs qu'on ne doit pas rentrer à l'auberge ? demanda Julien.

Léo, agacé par les hésitations de son ami, leva les yeux au ciel et s'exclama :

– La cabane est là-bas, allons-y !

Julien dut s'incliner devant la volonté de ses amis. Ils coururent jusqu'à l'humble masure blottie sous un gigantesque hêtre au feuillage rouge foncé. Ses murs étaient constitués de branches de saule et de noisetier tressées, dont les interstices étaient comblés par un mélange d'argile, de fumier et de paille. Une étable biscornue était adossée au bâtiment ; au milieu d'un enclos, une poule picorait.

Les jeunes gens s'arrêtèrent devant l'entrée et tendirent l'oreille : seul le souffle du vent troublait le silence.

Tout à coup, Kim se retourna et vit une forme plonger derrière un tronc. Elle ne pouvait dire s'il s'agissait d'un homme ou d'un animal. Une seule chose était sûre : ils étaient suivis.

– Vous êtes prêts ? chuchota Léo.

Kim acquiesça et frappa. À l'intérieur, quelqu'un traîna les pieds jusqu'à la porte.

– Qui va là ? demanda entre deux toussotements une voix enrouée.

– Trois enfants ! cria Julien. Nous voulons te demander un renseignement au sujet d'une plante.

Le battant s'ouvrit, et Gottfried apparut, une bougie à la main :

– Trois enfants... Et un chat aussi ! Quelle jolie bête !

Kija miaula et frotta sa tête contre la jambe du vieil original en signe de confiance.

– Ainsi, les végétaux vous intéressent ? reprit celui-ci. En ce cas, vous avez frappé à la bonne porte ! Mais pourquoi diable venez-vous me trouver à la tombée de la nuit ?

– La curiosité nous a poussés à braver les ténèbres ! répondit Julien. Pouvons-nous entrer ?

– Bien sûr ! Je me réjouis toujours d'avoir de la visite, c'est si rare, soupira-t-il avec amertume.

Un banc, une table et une chaise étaient

disposés sur le sol en terre battue. Dans un coin, quelques sacs remplis de paille faisaient office de lit. Comme il n'y avait pas de cheminée, l'odeur de la fumée rivalisait avec les forts relents d'herbes s'échappant du chaudron accroché au foyer. Une deuxième porte, sur le mur du fond, donnait accès à l'étable.

– Asseyez-vous ! fit Gottfried en désignant le banc.

Tandis qu'ils s'installaient, le vieux les dévisagea :

– Toi, je t'ai déjà vue quelque part ! lança-t-il à Kim. Aide-moi… Où était-ce donc ?

– À l'auberge des pèlerins où nous travaillons, répondit la jeune fille. Tu étais attablé avec plusieurs personnes, et je vous ai servis. J'ai cru comprendre que tu avais beaucoup de connaissances en botanique, et j'ai amené mes amis ici. En fait, nous voulions te…

Elle s'interrompit, les yeux rivés sur la fenêtre.

– La revoilà ! s'écria-t-elle.

Tous les regards se braquèrent dans sa direction.

– De qui parles-tu ?

– De la silhouette qui était sur nos pas tout à l'heure ! Je viens de l'apercevoir derrière la vitre, souffla Kim.

Gottfried éclata de rire. Sa chandelle à la main, il s'approcha de la lucarne et scruta la forêt :

– Non, il n'y a personne. Ne te fais aucun souci. Il arrive que l'on voie des choses la nuit dans les sous-bois. Ça m'est arrivé plus d'une fois…

Il regagna la table et s'assit sur l'unique chaise de la pièce. Une lueur étrange brillait au fond de ses prunelles :

– Il s'en passe des événements bizarres ici, surtout les soirs de pleine lune ! Et aujourd'hui c'en est un, conclut-il en détachant chaque mot.

Julien, mal à l'aise, se tortillait sur le banc : il aurait souhaité pouvoir se lever et quitter la pièce. Comme c'était impossible, il cherchait un moyen d'abréger leur visite. Il sortit le sachet contenant la plante mystérieuse et le posa sur la table. Puis il dénoua avec précaution le lien en cuir qui fermait la bourse, et son précieux contenu apparut à la lumière de la bougie. Le vieux se pencha.

– Oh ! lâcha-t-il. Voilà qui est très intéressant… Plus qu'intéressant, même !

Il attrapa de ses doigts fins un tubercule et l'examina avec attention, puis fit de même avec l'une des feuilles sèches.

– Tu connais cette plante ? Comment s'appelle-t-elle ? le pressa Julien, dévoré de curiosité.

– Bien sûr que je la connais, déclara Gottfried.

Au même instant, quelque chose heurta la porte.

– Qu'est-ce… qu'est-ce que c'est ? bredouilla Julien.

– Aucune idée. Comme je vous l'ai dit, les incidents étranges ne manquent pas ici. Je vais voir…

Il se leva aussi vite que le permettaient ses articulations raidies. À cet instant, Kija sauta sur la table, les poils dressés comme les picots d'une brosse. Kim eut un mauvais pressentiment.

– N'y va pas ! cria-t-elle.

– Mais si, voyons ! grogna le vieil homme en haussant les épaules.

Il ouvrit la porte. Les enfants entendirent un sifflement, puis un cri. Gottfried tituba, poussa un gémissement et s'effondra sur les genoux.

Une flèche était fichée dans son bras.

8. La plante miraculeuse

Avec sang froid, Léo se jeta sur la porte. À l'instant où il la referma, un nouveau projectile se planta en vibrant dans le battant. « Il s'en est fallu de peu… », pensa le garçon.

Kim et Julien étaient accroupis auprès de Gottfried. Le vieil homme avait les paupières mi-closes et marmonnait des paroles incompréhensibles. Un filet de sang s'échappait de sa blessure.

– Oh, mon Dieu ! Que peut-on faire ? s'affola Julien.

– Il faut aller chercher de l'aide ! cria Kim. Il a besoin d'un médecin au plus vite !

– Je m'en charge, proposa Léo. Je fonce au monastère…

– Pas question ! Je t'interdis d'ouvrir ! hurla Julien terrorisé.

Léo s'efforça de réagir calmement :

– Pas de panique, je vais passer par l'arrière. Ne vous inquiétez pas, je contrôle la situation ! À tout à l'heure !

Il ouvrit la porte du fond et disparut dans la nuit.

Kim alla chercher deux des sacs sur lesquels Gottfried avait l'habitude de dormir et les glissa sous le dos du blessé. Il murmura :

– Merci, mais ce n'était pas la peine : je vais mourir…

– Bien sûr que non ! répliqua Kim. Léo va revenir avec l'infirmarius.

Il secoua la tête :

– Il ne pourra pas me soigner, je suis très âgé…

– Et si on ôtait la flèche ? suggéra Julien.

Il se sentait impuissant et voulait à tout prix se rendre utile.

Gottfried toussa et secoua la tête :

– N'y touchez pas ! Ça ne ferait qu'agrandir la plaie…

Sa voix n'était plus qu'un souffle :

– L'infirmarius s'en chargera, s'il arrive à temps…

– As-tu une idée de qui a voulu te tuer ? demanda Kim.

– Non, je n'ai pas d'ennemis. Du moins, je le croyais…

Tout à coup, un sourire détendit ses traits tirés :

– Votre plante, c'est sûrement de la mandragore. Sa forme est caractéristique : elle ressemble au corps humain. Elle pousse dans les régions situées au sud des montagnes, au bord de la mer. Elle est réputée pour ses pouvoirs magiques. Il y en a peu chez nous ; pour cette raison, son prix est très élevé. Comment est-elle arrivée entre vos mains ?

– On l'a trouvée, révéla Julien. Dans les affaires de Furmer, le marchand.

– L'homme qui a été assassiné ? Bizarre…

Kim tortillait une mèche de ses cheveux : une question lui brûlait les lèvres, mais elle hésitait à la poser. Elle prit son courage à deux mains :

– Au monastère, on a entendu parler de l'élixir du Diable. Est-ce que par hasard…

Gottfried écarquilla les yeux et, d'un geste, enjoignit Kim de se taire. Il essaya de se redresser, mais il s'effondra de nouveau en poussant un soupir.

– Prenez garde à cet élixir du Diable ! souffla-t-il de sa voix enrouée. Depuis longtemps, le bruit court qu'il existe réellement, sans que personne n'ait d'informations précises à son sujet. Certains en deviennent fous, car cette potion est censée accorder le pouvoir absolu à son possesseur. Le prix à payer est exorbitant : donner sa vie au diable ne suffit pas, il faut aussi lui céder son âme !

– La mandragore pourrait-elle avoir un rapport avec cette préparation ? voulut savoir Julien.

Le vieil homme hocha faiblement la tête :

– Peut-être… On dit que celui qui la trouve devient invincible et reçoit bonheur, richesse et santé. C'est pour ça qu'elle a tant de valeur !

Une nouvelle quinte de toux l'interrompit.

« Pourvu que Léo et l'infirmarius se dépêchent d'arriver ! » pria Kim avec inquiétude. Elle caressa le front du blessé : sa peau était glacée sous ses doigts.

– Les secours ne vont pas tarder, murmura-t-elle pour le réconforter.

Gottfried émit un petit ricanement :

– Le crois-tu vraiment ? On raconte tant d'horreurs à mon sujet…

– Ce ne sont que des bêtises, rétorqua la jeune fille.

– Oui, mais les gens m'évitent. Qui sait si l'infirmarius acceptera de venir jusqu'ici ?

Au même instant, la porte s'ouvrit à la volée : Léo, accompagné de plusieurs personnes, fit irruption dans la pièce. L'une d'elles portait une robe de bure : c'était l'infirmarius. Il écarta les enfants et se pencha sur Gottfried.

– Belle blessure… Les chairs sont très atteintes, constata-t-il après avoir ôté la flèche. Mais tu t'en sortiras !

Les trois amis poussèrent un soupir de soulagement. Le moine se tourna vers eux :

– Que s'est-il passé ?

Ils lui racontèrent ce qu'ils savaient ; les paroles se bousculaient sur leurs lèvres.

– Si je comprends bien, aucun de vous ne sait qui a tiré, résuma l'infirmarius, la mine sombre, lorsque les enfants eurent terminé leur récit.

Il fit signe à deux hommes :

– Allez chercher un chariot ! Nous l'emmenons au monastère. Gottfried a toujours accompli ses obligations religieuses ; nous avons le devoir de le soigner.

Il jeta un regard aux trois amis :

– Quant à vous, rentrez à la maison au plus vite !

Kim prit Kija dans ses bras et quitta la modeste chaumière, Léo et Julien sur les talons. Une fois dehors, ils constatèrent que la pluie avait cessé de tomber et que la lune ronde pointait derrière quelques nuages isolés.

– Je suis sûre que l'archer était Wenzel..., chuchota Kim.

– Mais pourquoi s'en est-il pris à Gottfried ? se demanda Léo.

– Peut-être pour nous empêcher de percer le

secret de la mandragore, suggéra Kim. Attention, voilà la charrette !

Ils s'enfoncèrent de quelques pas dans le bois pour pouvoir parler en toute discrétion.

– On ferait mieux de rentrer avant que la nuit ne tombe tout à fait, dit Julien.

– Oui, oui, on va y aller, fit Kim. Mais j'ai quelque chose à vérifier avant : dès qu'ils auront emmené Gottfried, je veux voir s'il ne reste pas des traces que nous pourrions exploiter.

– Des traces de quoi ? s'étonna Julien.

– Je ne sais pas exactement, mais je veux en avoir le cœur net, lança la jeune fille d'un ton impatient. Revenons-en à la mandragore. Comment se fait-il que Gottfried l'ait tout de suite reconnue, alors que ni Quirinus ni l'abbé n'ont été capables de nous dire de quelle plante il s'agissait ?

Julien hocha la tête :

– Tu as raison, Adalung aurait dû le savoir. Il est censé être le grand spécialiste en botanique du monastère et, en plus, c'est lui qui a formé Quirinus !

Léo tirait sur le lobe de son oreille :

– Quelque chose me vient à l'esprit : nous avons dit à Adalung que nous allions chez Gottfried. Il était le seul à être au courant !

– Qu'est-ce que tu insinues ? Que c'est l'abbé qui a tiré ? demanda Kim, sceptique.

Le garçon haussa les épaules :

– Peut-être pas lui directement, il peut avoir organisé l'attaque. Il faut envisager son implication possible dans cette affaire.

Plongés dans leurs réflexions, les enfants se turent un court instant.

– Nous avons donc deux suspects, résuma Julien.

Il jeta un œil sur la cabane :

– Ça y est, ils viennent de partir.

– Allons-y ! lança Kim.

Elle courut vers la porte et inspecta les alentours en réfléchissant à haute voix :

– Où l'archer a-t-il pu se cacher ?

– Là-bas, je pense, fit Léo. Il a dû se poster derrière ce grand arbre, jeter une pierre contre la porte et tirer quand Gottfried a ouvert.

Ils s'approchèrent de l'endroit désigné par le

garçon. Kim s'agenouilla et inspecta la terre humide.

– Flûte, il fait déjà trop sombre ! ragea-t-elle.

Tout à coup, un miaulement attira leur attention. La chatte se tenait près d'un buisson touffu, la tête inclinée. Elle miaula de nouveau avec insistance. Kim accourut et se pencha vers elle.

– Venez voir ! cria-t-elle. Kija a trouvé des traces de pas !

– Bien joué ! lança Léo en caressant le dos de la chatte.

Il examina les marques sur le sol :

– Vous croyez qu'elles appartiennent au tireur ?

– Oui, répondit Kim. Elles partent en direction de la forêt, et non vers le chemin. Quelqu'un n'ayant rien à se reprocher aurait emprunté la route.

– À moins que ce ne soit les traces de pas d'un ramasseur de champignons, intervint Julien.

La perspective de s'enfoncer dans les bois pour suivre les empreintes ne l'enchantait pas.

– Possible, reconnut Kim. Mais la première hypothèse est valable aussi et mérite d'être vérifiée. Il ne fait pas encore tout à fait nuit, on a un peu de temps devant nous. Je pense qu'on devrait y aller ! Qu'en dites-vous ?

9. Le passage secret

Guidés par Kija, les trois amis progressaient péniblement dans la forêt. Julien, le ventre noué par l'angoisse, fermait la marche. Quelle folie, cette expédition ! Les empreintes auraient été encore visibles demain, à la lumière du jour. Que leur arriverait-il s'ils se perdaient ?

– Je viens de penser à quelque chose, lança Léo tout à coup. Les traces font au moins trente centimètres, donc, en toute logique, les pieds qui les ont faites aussi…

– C'est évident. Où veux-tu en venir ? demanda Kim.

– Si ce sont celles du coupable, alors

Wenzel, qui est de petite taille, est innocent, expliqua le garçon. Vous allez me dire qu'un homme de sa stature peut avoir de grands pieds. Exact, mais pas des péniches pareilles !

– Pas mal comme raisonnement, approuva Kim, songeuse. Hé ! Où est passée Kija ?

La chatte avait disparu.

– Kija !

Un miaulement retentit dans les fourrés. Les jeunes gens écartèrent les branches

entremêlées de deux sapins et virent briller ses yeux. Elle était installée devant une brèche fendant une paroi rocheuse.

– On dirait l'entrée d'une grotte ! s'exclama Kim. Regardez, les traces de pas s'arrêtent juste à cet endroit, comme si le suspect s'y était engouffré.

– Ne me dis pas que tu veux t'engager là-dedans ? lâcha Julien.

– Pourquoi pas ?

– Mais parce qu'il y fait noir comme dans un four !

– Pas de problème, il suffit d'aller chercher une bougie chez Gottfried, suggéra Léo.

– Excellente idée ! s'écria Kim avec enthousiasme.

Léo fila jusqu'à la cabane de Gottfried et réapparut au bout de quelques minutes, une chandelle à la main.

– En route ! lança-t-il, plein d'ardeur, en pénétrant dans le souterrain.

Il s'agissait en fait d'un entonnoir très étroit grimpant au cœur du rocher.

– Il y a même des marches ! remarqua Léo. Pas de doute, ce couloir n'est pas naturel. Je parie que c'est un passage secret.

– Qui mènerait où ? se demanda Julien à haute voix.

En dépit de ses réticences, le garçon était à son tour gagné par la curiosité.

– C'est ce que nous allons découvrir, répondit Kim.

Ils gravirent les marches en silence, Léo en tête. Il prenait soin de protéger avec sa main la petite flamme qui vacillait dangereusement.

– Il y a de sacrés courants d'air dans le coin, murmura-t-il. Ça signifie qu'il doit y avoir un autre accès à proximité…

Soudain, il fut interrompu par un hurlement qui s'amplifia avant de cesser d'un coup.

– Qu'est-ce que c'était ? souffla Kim.

Elle sentit Kija contre ses jambes et la prit dans ses bras.

– Aucune idée, chuchota Julien. On aurait dit le cri d'un animal. Un gros, un loup ou un ours… Il y en a par ici ?

– Non, non, je… je ne pense pas, balbutia Léo. C'est peut-être tout simplement le vent qui siffle dans la galerie.

Mais Julien n'en démordait pas :

– Les louves mettent au monde leurs petits dans les grottes, non ?

– Arrête de nous ficher la trouille ! s'énerva Léo. Tu veux faire demi-tour, c'est ça ?

Gêné, Julien hésita un moment, tête baissée ; puis il se décida :

– Non, tu as sûrement raison, ça devait être une rafale.

– On y va, conclut Léo en reprenant l'ascension des marches.

Ils progressèrent sur cinq cents mètres dans l'étroit escalier. Il faisait de plus en plus froid et humide, et les enfants ne cessaient de glisser.

« Pourvu que la lumière ne s'éteigne pas, ce serait le comble… On se briserait les os ! » songea Léo. Au moment où il se jurait de protéger la petite flamme comme la prunelle de ses yeux, il trébucha sur une pierre. La bougie lui échappa, s'éteignit instantanément, et l'obscurité les enveloppa.

– Dépêche-toi de la rallumer ! implora Julien.

– J'aimerais bien, mais avec quoi ? Tu crois que j'ai un briquet dans ma poche ? Je te signale que ça n'existait pas en l'an 805 !

Le hurlement reprit de plus belle. Si une bête sauvage était dans les parages, elle était en train de se rapprocher lentement mais sûrement.

– Rallume cette satanée bougie tout de suite ! hurla Julien. On ne pourra jamais regagner la sortie sans elle !

– Je ne peux pas ! Tu comprends ? JE NE PEUX PAS !

– C'est malin, de l'avoir laissée tomber ! On est dans de beaux draps à cause de toi !

– Merci, je sais ! cria Léo. Ça ne t'est pas venu à l'esprit que je ne l'ai pas fait exprès ?

– Arrêtez de vous disputer ! ordonna Kim. C'est inutile. La situation n'est pas si désespérée, tout de même. Il nous suffit de suivre le couloir ; en tâtonnant, on peut y arriver. Que se passe-t-il, Kija ?

La chatte avait sauté des bras de sa maîtresse et se frottait contre ses jambes. Kim se pencha : Kija miaula et fit quelques pas.

– Il faut que je te suive ? demanda Kim en avançant la main devant elle.

Elle finit par rencontrer le poil soyeux, mais la jolie bête s'éloigna aussitôt.

– On dirait qu'elle veut que nous continuions, en déduisit Kim.

– Ce sera sans moi, merci ! lâcha Julien. On ferait mieux de rebrousser chemin.

– On est peut-être tout près du but ! protesta la jeune fille. Attendez ici, je vais voir ce qu'elle

désire nous montrer. Je reviens dans une minute.

Elle parcourut à tâtons quelques mètres. Soudain, Kija poussa un miaou d'avertissement. Kim s'arrêta, étendit les bras et pivota lentement sur elle-même. Ses doigts heurtèrent une surface dure, trop lisse pour être de la pierre. La jeune fille frappa doucement et comprit qu'il s'agissait de bois. Une porte ? Elle se colla contre la paroi, passa la main dessus et sentit quelque chose qui ressemblait à une poignée ! C'était bien une porte !

– Kija, tu es vraiment la meilleure ! lança-t-elle à la chatte.

Elle poussa le battant, qui grinça épouvantablement. Retenant son souffle, elle jeta un coup d'œil à l'intérieur, et découvrit une pièce baignée par le clair de lune et meublée de plusieurs pupitres ainsi que d'une grande bibliothèque. Kim comprit immédiatement où elle se trouvait. Elle se retourna et appela ses amis.

– Alors, les garçons, qu'en dites-vous ? leur demanda-t-elle tout sourires lorsqu'ils l'eurent rejointe. Nous voilà revenus au monastère !

10. La formule du démon

Kim referma la porte en prenant soin de ne pas la faire grincer.

– Je n'arrive pas à le croire ! fit Léo. On est à l'intérieur du monastère ! C'était sûrement une issue de secours permettant aux moines de fuir en cas d'attaque.

– Possible, approuva Kim. Mais j'ai l'impression que ce couloir secret n'a plus le même usage aujourd'hui ! À mon avis, c'est par là qu'est passé le meurtrier.

– Alors, ça voudrait dire qu'il se cache ici, parmi les moines…, murmura Julien.

– Je suis sûr que le coupable est Adalung ! s'exclama Léo. Tout l'accuse ! Il savait que nous voulions rendre visite à Gottfried, il connaît les plantes, et, contrairement à Wenzel, il est grand et pourrait donc laisser de telles empreintes. Il semble qu'il soit aussi très attaché à sa position de chef du monastère : peut-être veut-il se servir de l'élixir pour devenir encore plus puissant…

– Ton raisonnement est logique, mais ce ne sont que des suppositions, remarqua Julien. Il nous faut des preuves.

– Pas d'affolement ! On a déjà connu ce genre de situation, et des indices, on en a toujours trouvé ! rappela Léo, confiant.

– Exact ! reconnut Julien. Ce qui est sûr, c'est que l'archer est passé par ici.

Il montra du doigt l'un des pupitres, sur lequel étaient posés une plume, un encrier et un rouleau de *parchemin*.

– Cette pièce ressemble à un bureau réservé à l'écriture, poursuivit-il. On doit être dans le scriptorium dont nous a parlé Quirinus. Quel dommage qu'on n'ait pas d'éclairage !

– Oh, je t'en prie ! protesta Léo. Ne recommence pas à me reprocher cette histoire de bougie !

– Mais non ! Je me disais juste qu'avec de la

lumière on aurait pu essayer de chercher l'ouvrage de médecine écrit par les moines. Il contient probablement un paragraphe consacré à l'élixir du Diable.

– Ne baissez pas les bras si vite, les garçons, leur lança Kim au même instant.

Elle s'était approchée de la fenêtre, un volume à la main.

– C'est la pleine lune, et on arrive à lire un peu, déclara-t-elle. Pas de chance, celui-ci n'a rien à voir avec la botanique…

Avec d'infinies précautions, les enfants explorèrent l'impressionnante collection de livres qui se trouvait là. Ils étaient émerveillés par ces œuvres superbes. La reliure de certaines d'entre elles avait été réalisée avec de l'or et de scintillantes pierres précieuses. La plupart traitaient de religion.

Julien finit par mettre la main sur le fameux *Codex de Lorsch*. Malheureusement, il ne comportait aucune image et ne faisait pas allusion au sujet qui les intéressait. Le garçon considéra néanmoins que c'était un bon début et poursuivit ses investigations.

Soudain, son pouls s'accéléra : il venait de découvrir un manuscrit d'aspect plutôt insignifiant consacré aux plantes et illustré de nombreux dessins. Il le feuilleta avec excitation. Il étouffa un cri en tombant sur une gravure représentant la mandragore. Les yeux écarquillés par la surprise, il lut sur la page en face les mots « élixir du Diable », calligraphiés en lettres noires.

Il appela ses amis et, au clair de lune, ils se penchèrent sur la formule.

– Il est écrit qu'elle a été élaborée par Hermès Trismégiste ! s'écria Julien. Exactement comme le professeur Muriatti l'expliquait pendant sa conférence à Siebenhann !

La formule indiquait qu'outre les racines de mandragore, il fallait disposer de quelques copeaux de cèdre, de deux noyaux de griottes, de violettes, de dix gouttes d'eau de rose et de cinq gouttes de lait de jument.

– C'est inouï ! lâcha Kim. Cette potion existe donc vraiment, et la mandragore entre bien dans sa composition ! Je suis sûre que c'est le mobile de l'assassinat de Furmer : le meurtrier voulait en fabriquer, mais il lui manquait cette plante si rare. Alors il a décidé de la dérober au marchand !

– Le texte continue, remarqua Julien après avoir tourné la page.

L'auteur ajoutait qu'il était indispensable, pour que l'élixir puisse développer tous ses pouvoirs, de prononcer une formule magique qu'il avait consignée dans *Le livre noir*.

– *Le livre noir*... Où peut-il bien être ? réfléchit Léo à haute voix.

– Et s'il était ici, dans ces rayons ? fit Julien. Regardez, Hermes répète qu'il est impératif de boire le mélange après avoir récité l'incantation. Ainsi seulement on peut obtenir la santé et la puissance éternelles. Mais il dit aussi que le diable exige qu'on lui donne son âme en échange.

Kim eut un frisson :

– Gottfried nous a déjà parlé de ce pacte... Il n'y a sûrement rien de vrai là-dedans ! De banales histoires de sorcellerie.

Julien fronça les sourcils.

– N'empêche, quelqu'un n'hésite pas à tuer

pour ça ! Je donnerais cher pour mettre la main sur ce *Livre noir*..., fit-il en balayant des yeux le scriptorium.

– Ça m'étonnerait qu'on le trouve ! intervint Léo. Si les moines le possèdent, ils l'ont sans doute caché afin que personne ne puisse fabriquer l'élixir du Diable.

– Continuons à chercher encore un peu, suggéra Kim en se dirigeant vers une étagère.

– Hé ! Il y a deux autres portes dans ce coin ! s'exclama Léo.

Il essaya d'ouvrir la première : elle était fermée à clé. Il eut plus de chance avec la seconde. Le garçon jeta prudemment un coup d'œil derrière et découvrit un large couloir. Que devait-il faire ? Aller explorer le corridor ou continuer à feuilleter les livres du scriptorium ? La deuxième option lui parut la plus judicieuse. Il observa, pensif, la première issue : y avait-il un secret caché derrière cette porte close ? Léo chassa cette idée et se remit au travail aux côtés de Kim et Julien.

Bientôt, ce dernier cligna des yeux : à la difficulté de déchiffrer les titres des ouvrages s'ajoutait la fatigue qui l'envahissait peu à peu. Soudain, un bruit le fit sursauter. Il siffla doucement pour avertir ses amis, qui se turent et tendirent l'oreille : quelqu'un approchait !

– Vite, le passage secret ! souffla Léo.

Il prit la tête du petit groupe, Kija bondissant derrière eux. Ils n'eurent que le temps de s'engouffrer sans bruit dans le couloir sombre avant que la porte du scriptorium ne s'ouvre.

11. L'agression

Wenzel ne semblait pas s'être aperçu de leur escapade : il n'y fit aucune allusion lorsqu'il les tira du lit le lendemain matin. Comme d'habitude, ils croulaient sous le travail et passèrent la journée à courir d'un endroit à l'autre. Ils eurent à peine le temps d'évoquer les trois points qui les préoccupaient : où était *Le livre noir* ? Qui avait pénétré dans le scriptorium hier soir ? Quel secret cachait la porte fermée à clé ? Léo leur proposa de retourner sur les lieux dès que possible.

– Je suis sûr qu'on trouvera là-bas la réponse à toutes nos questions, déclara-t-il.

Ses amis étaient d'accord.

– Peut-être pourra-t-on s'éclipser dans la soirée…, fit Kim.

– Pas trop tard, j'espère ! lança Julien. Sinon, on va mourir d'épuisement. On s'est couchés à minuit passé, et, comme d'habitude, Wenzel nous a réveillés aux aurores !

– Arrêtez de bavarder ! gronda la voix de l'aubergiste. Le client de la chambre quatre va partir, descendez ses bagages. Compris ?

Il leur trouvait sans cesse de nouvelles occupations ; seule Kija était épargnée. Elle passa la journée allongée sur le rebord de la fenêtre, son poil luisant sous les rayons du soleil. Les yeux mi-clos, elle observait paresseusement les allées et venues des enfants en laissant parfois échapper un grand bâillement.

– Dans ma prochaine vie, je serai un chat, grogna Julien dans l'après-midi en passant devant la jolie bête, les bras chargés de deux lourdes cruches, qu'il déposa sur le comptoir.

– Va en cuisine ! lui ordonna Wenzel. Gertrude a besoin que tu lui fasses une course.

Le garçon obéit en silence. Une chaleur moite régnait à l'office où Kim, installée à une table rectangulaire, éminçait des carottes et des radis.

– Nous allons faire un gratin de légumes, lui expliqua-t-elle.

– C'est exact, confirma Gertrude qui recouvrait un poisson d'une sauce à base de vin, assaisonnée de sauge, de poivre et de sel.

Depuis qu'elle les connaissait un peu mieux, elle parlait davantage aux enfants.

– Il me manque du cresson pour mon plat. Cours m'en chercher chez la marchande d'herbes ; elle installe son étal à côté de l'infirmerie, demanda-t-elle à Julien.

Le garçon s'éclipsa, soulagé de quitter pour un moment l'atmosphère suffocante de l'auberge. Dès qu'il fut dehors, il aspira une bouffée d'air frais et constata que le jour avait commencé à décliner et que les ombres s'allongeaient. Il tourna à droite et emprunta la ruelle étroite et déserte qui menait à l'infirmerie. Plusieurs ateliers et échoppes étaient déjà fermés, et il craignait d'arriver trop tard pour acheter le cresson. Néanmoins, il décida de tenter sa chance et continua à avancer.

Alors qu'il s'engageait dans l'allée où était installée la forge, il se trouva nez à nez avec un superbe papillon dont il admira un instant le vol gracieux.

Soudain, son pouls s'accéléra : quelque chose venait de bouger à l'angle de la ruelle. Julien se demanda si, une fois de plus, il n'était pas suivi. Il avala péniblement sa salive et referma la main sur la petite sacoche qui contenait la mandragore. Il reprit sa route pendant que son cerveau envisageait les pires hypothèses. Il n'aurait jamais dû se rendre dans ce coupe-gorge seul, sans Kim et Léo ! De toute façon, c'était trop tard, le mal était fait.

Il s'exhorta au calme en se répétant qu'il était presque arrivé et que personne n'oserait l'attaquer en pleine rue. C'était bien trop risqué : quelqu'un aurait pu les observer de sa fenêtre. Julien pria pour que son raisonnement soit juste. Il avait atteint l'école, la prochaine étape, c'était l'infirmerie, et après…

Tout à coup, il entendit quelqu'un courir derrière lui. Il voulut se retourner, mais n'en eut pas le temps : un coup violent l'atteignit en pleine nuque. La douleur explosa dans sa tête et le plongea dans la nuit. Avant de perdre connaissance, il sentit deux mains puissantes arracher sa besace en cuir.

– Tu es blessé ? demanda une voix lointaine.

Julien reprenait lentement conscience. Il ouvrit les yeux avec peine et aperçut une femme agenouillée à ses côtés, qui le secouait par les épaules.

– Réveille-toi !

Le visage devint plus net. Le garçon leva la tête en gémissant ; il n'avait aucune idée du temps qui s'était écoulé depuis son évanouissement.

– Que s'est-il passé ? demanda la femme.

Julien se frotta les yeux.

– Je… je ne sais pas, balbutia-t-il. On m'a frappé…

– Au nom du ciel, qui a bien pu faire une chose pareille à un enfant ? s'écria-t-elle, choquée.

– Si seulement je le savais…, fit Julien en se relevant.

Il avait l'impression qu'un pivert lui martelait le crâne. Il porta la main à sa ceinture... Sa bourse avait disparu ! On lui avait volé les racines et les feuilles de mandragore ! Julien poussa un cri de désespoir.

– Tu as mal quelque part ? s'inquiéta son interlocutrice. Je vais te raccompagner. Où habites-tu ?

– À l'auberge, répondit le garçon. Mais ça va aller, je peux me débrouiller seul, merci.

– Très bien, comme tu veux...

La femme fit un signe de croix et disparut à l'intérieur d'une maison.

Julien s'adossa à un mur et respira profondément. Tout s'était passé si vite ! La mandragore avait disparu sans qu'il puisse voir son agresseur... C'était sans doute l'homme qui n'avait pas hésité à tuer pour s'approprier l'élixir du Diable. Le garçon frissonna : il avait de la chance d'être encore en vie !

Les battements dans sa tête étaient devenus un peu moins violents ; il en profita pour regagner, en titubant, la taverne.

Ses amis étaient dans la cuisine. Il voulut

leur raconter sa mésaventure, mais Gertrude ne lui en laissa pas le temps.

– Où étais-tu passé ? Où est mon cresson ? s'emporta-t-elle.

– On m'a attaqué, je n'ai pas pu l'acheter, se défendit Julien.

– À d'autres ! Qui pourrait bien en vouloir à un miséreux comme toi ? Tu as traîné, voilà la vérité ! Sans cresson, pas de gratin. Me voilà dans de beaux draps ! Je vais le dire à Wenzel, tu vas voir !

Mais elle eut plus urgent à faire : des grésillements indiquaient qu'une casserole était en train de déborder, et Gertrude courut vers le poêle. Julien en profita pour informer Kim et Léo de l'agression :

– Une chance que tu n'aies pas été plus sérieusement blessé ! s'exclama Kim.

Elle plongea un mouchoir sous l'eau froide et l'appliqua sur la nuque de Julien.

– Ça fait du bien, soupira le garçon, reconnaissant. Je m'en veux d'avoir perdu la mandragore, je n'aurais jamais dû sortir seul…

Au moment où Gertrude ouvrait la porte pour

appeler Wenzel et le mettre au courant des méfaits de Julien, des cris retentirent à l'extérieur.

– Qu'est-ce qui se passe ? grogna l'aubergiste.

– J'allais te poser la même question, répliqua Gertrude. Pourquoi ces hurlements ?

– Ce ne sont pas tes affaires, occupe-toi plutôt de tes fourneaux !

– Je veux savoir ce qu'il y a !

– Je n'en sais rien, bougonna Wenzel. Par contre, ce qui est sûr, c'est que les bonnes femmes ne font qu'aggraver les choses. Retourne en cuisine !

Gertrude marmonna quelques mots, puis obéit aux ordres de son mari. Les enfants, eux, suivirent Wenzel, qui se posta sur le seuil de l'auberge. Un attroupement s'était formé devant le bâtiment, et les conversations allaient bon train. Les trois amis s'approchèrent à pas de loup et virent un moine, visiblement très choqué, en train de se relever, soutenu par deux hommes.

– Ça va, Clément ? demanda l'un d'eux.

– Aïe, ma tête..., gémit le frère en tâtant prudemment son crâne.

Kim ne put s'empêcher de lui demander :

– Toi aussi, tu as été agressé ?

Clément hocha la tête :

– Oui, on m'a assommé. Tout s'est passé très vite. Mais pourquoi as-tu dit « toi aussi » ?

La jeune fille désigna Julien :

– Mon ami vient d'être attaqué. On lui a volé sa bourse.

Clément, stupéfait, écarquilla les yeux :

– Ce n'est pas possible ! Quelle âme impie a bien pu faire une chose pareille ?

Soudain, il sembla se rappeler quelque chose et fouilla frénétiquement sa coule.

– Oh, mon Dieu ! s'écria-t-il. Mes clés ont disparu !

– Ce n'est pas très grave ! fit une voix dans la foule.

– Imbécile ! lâcha Clément. La clé du scriptorium se trouve parmi elles ! Ce serait une catastrophe si on s'en servait pour voler nos précieux ouvrages !

– Peut-être sont-elles tombées quand on t'a frappé ? suggéra quelqu'un.

– Non, non, c'est impossible, se lamenta le

moine. Si Adalung apprend que je les ai perdues, il sera fou de rage ! C'est moi le bibliothécaire, le gardien des trésors de notre scriptorium… et je viens de faillir à ma mission !

Léo attira Julien et Kim à l'écart :

– On ferait bien d'inspecter les alentours ! On trouvera peut-être des indices, des traces de pas par exemple.

Les enfants se mirent immédiatement à l'œuvre.

– Flûte, on n'y voit rien ! constata Kim. Il nous faudrait de la lumière.

– Pas besoin ! s'exclama Léo au même instant. Regardez ce que j'ai trouvé !

Un anneau auquel étaient accrochées quatre clés se balançait à son doigt.

– J'en connais un qui va être content ! ajouta le garçon.

– Clément sera drôlement soulagé, c'est sûr, enchérit Julien. Comment as-tu fait pour mettre la main dessus dans le noir ?

Léo sourit :

– Ce n'est pas la main que j'ai mise dessus, mais le pied !

Kim et Julien s'apprêtaient à rendre à Clément son précieux trousseau lorsque Léo les arrêta :

– Attendez ! Je viens de m'apercevoir de quelque chose !

Les deux enfants se retournèrent.

– Touchez ! leur demanda le garçon, tout excité, en leur tendant la plus petite clé du trousseau. Elle est recouverte de cire !

– De cire ?

– Oui, vous ne sentez pas ?

– Hum, fit Kim. Qu'est-ce que ça signifie ?

– C'est pourtant simple, expliqua Léo. L'agresseur a pris une empreinte, dont il va se servir pour fabriquer une nouvelle clé !

– Il n'en a pas besoin, vu qu'il utilise le passage secret ! répliqua Julien. En plus, la porte était ouverte !

– Tu oublies le deuxième accès, qui, lui, était verrouillé, compléta Léo.

– Mais oui, c'est vrai ! Il faut qu'on l'empêche de pénétrer dans cette pièce. Allons vite prévenir Clément et Adalung !

– Mauvaise idée ! le freina Léo. Tu oublies

que l'abbé est peut-être le coupable, ou qu'il lui sert de couverture…

– On peut alerter Clément, tout de même !

Léo secoua la tête :

– Non, il vaut mieux pas. Je n'ai plus confiance en personne ici. J'ai un meilleur plan : on rend les clés à Clément sans lui parler de notre découverte, et on file dès que possible au scriptorium…

12. Enquête nocturne

Peu avant minuit, les trois jeunes gens, enfin libres, poussèrent la porte du passage secret et se glissèrent dans le scriptorium désert. Kim, Kija et Julien se cachèrent derrière un pupitre. Léo vérifia les deux portes : celle donnant sur le couloir était ouverte, la petite fermée.

« Quel secret dissimule-t-elle ? » se demandait le garçon. La réponse viendrait peut-être cette nuit. Il était convaincu que la clé enduite de cire était celle qui permettait d'accéder à la pièce interdite. Dissimulé par une bibliothèque, Léo s'assit sur le carrelage froid et fixa l'obscurité. Quelques instants plus tard, il replia les jambes et posa sa tête sur les genoux. Bien décidé à ne pas s'endormir, il résista comme il put ; mais, peu à peu, la fatigue le submergea et il plongea dans un sommeil agité.

Deux ou trois heures s'étaient probablement écoulées lorsqu'il se réveilla. Des voix mélodieuses s'étaient glissées dans son rêve. Il tendit l'oreille : un chœur masculin était en train de chanter. Léo se leva et courut réveiller Kim et Julien qui s'étaient assoupis, eux aussi. Seule Kija avait les yeux grands ouverts et sautillait avec excitation comme si elle voulait jouer.

– Vous entendez ? demanda le garçon à ses amis.

– Oui, murmura Kim, encore tout endormie. Quelle idée de faire un concert à une heure pareille !

– C'est sûrement une messe, déclara Julien. Rappelle-toi ce que Quirinus nous a dit : les moines se réunissent à heures régulières pour prier à l'église, probablement de nuit aussi.

Kim soupira :

– Eh bien, moi, je serais en retard à chaque fois, c'est sûr !

Elle se leva :

– Ce chant est très beau ! J'ai envie d'aller l'écouter de plus près.

– Tu ne veux pas entrer dans l'église, quand même ? souffla Julien.

– Bien sûr que si ! Personne ne nous prêtera attention, puisque nous sommes censés être dans notre lit à cette heure-là !

Julien leva les yeux au ciel :

– Tu sais, il y a des moments où je me demande vraiment si tu n'as pas une araignée qui trotte au plafond !

– Reconnais qu'on ne s'ennuie pas avec moi ! répliqua la jeune fille du tac au tac.

– C'est certain ! reconnut-il en riant. Bon, je t'accompagne. Et toi, Léo ?

Le garçon s'étira et bâilla :

– Contrairement à Kim, je ne suis pas un grand fan de ce genre de musique, mais je vous suis quand même !

Les enfants longèrent sur la pointe des pieds le couloir menant à l'atrium, au milieu duquel s'élevait la chapelle Saint-Michel. Le chant devenait de plus en plus puissant à mesure

qu'ils s'en approchaient. Ils traversèrent le cloître, poussèrent sans bruit la lourde porte en chêne de l'église et coururent se cacher dans la nef latérale, derrière l'un des piliers massifs supportant la voûte élancée.

Le sanctuaire n'était éclairé que par quelques flambeaux, dont les flammes dansantes laissaient entrevoir, assis dans les stalles du chœur, une centaine de moines, tous semblables et unis dans le recueillement.

Soudain, l'un d'eux quitta le groupe et monta en chaire. L'émotion saisit les trois amis alors que sa voix de cristal, pure comme celle d'un enfant, entonna un psaume. Les timbres graves des autres frères se mêlèrent pour lui répondre, louant le Seigneur.

Comment croire, en cet instant magique, qu'un des membres de ce chœur puisse être capable de tuer pour un élixir ! Le mal ne semblait pas avoir sa place en ces lieux.

Une lecture de la bible, dont Adalung lui-même se chargea, succéda au cantique. L'abbé commença à lire à voix basse, mais au fil des mots une tension étrange s'empara de l'assistance. Dès que l'un des religieux piquait du nez, le supérieur haussait le ton, faisant claquer les syllabes comme des coups de fouet. Pour s'assurer que tous étaient éveillés, un moine armé d'une torche parcourait les rangs de la communauté en éclairant les visages des frères.

Kim sentait la nervosité l'envahir. Ils seraient dans de beaux draps si la lanterne révélait leur présence... Elle en serait responsable, car c'était elle qui avait eu l'idée de venir dans l'église. Ils eurent de la chance : le frère ne s'approcha pas de leur pilier.

L'office dura encore une petite heure puis Adalung bénit l'assemblée, qui récita une dernière prière. Tous s'inclinèrent avec un profond respect devant l'autel et chantèrent solennellement le *Te deum laudamus*.

Les enfants comprirent qu'il était temps de s'éclipser. Sans bruit, ils atteignirent la porte et sortirent discrètement. Mais alors qu'ils couraient vers le scriptorium, Kija leur faussa compagnie et disparut dans la nuit.

– Kija ! souffla Kim.

– Chut ! ordonna Léo. On va se faire repérer !

– Oh, la barbe ! grogna la jeune fille. Qu'est-ce qu'on fait ? On ne peut pas la laisser ici !

– Les moines arrivent, je les entends ! Il faut se cacher ! s'écria Julien.

– Les piliers du cloître, lança Kim. Vite !

Il ne leur fallut que quelques secondes pour s'accroupir derrière une colonne. Le cœur battant, ils entendirent le cortège de bénédictins passer à quelques mètres seulement de leur refuge. Les frères tournèrent à gauche et gravirent les marches de l'escalier, à l'exception du dernier d'entre eux, qui avait apparemment une autre idée en tête. Sa longue silhouette au visage caché par la capuche de sa coule ralentit le pas, s'immobilisa et attendit que les religieux aient disparu, puis il fit lentement demi-tour. Les trois amis, qui avaient sorti la tête pour l'observer, plongèrent derrière le pilastre et se collèrent en tremblant contre la pierre glacée. Le regard de l'homme balaya le cloître et s'arrêta sur le pilier derrière lequel ils étaient blottis. Léo se mordit les lèvres, Julien adressa au ciel une prière muette, et Kim serra les poings si fort que les jointures de ses doigts devinrent toutes blanches. Les secondes semblèrent durer des heures. Enfin, ils entendirent des pas glisser sur le sol. Un instant, ils redoutèrent que le moine ne se dirigeât dans leur direction ; puis ils comprirent avec soulagement qu'il s'éloignait. Léo fut le premier à abandonner leur cachette et eut le temps de l'apercevoir du côté du scriptorium.

– Qui est-ce ? demanda Kim à voix basse.

– Je n'ai pas pu voir son visage, mais il est grand et mince comme Adalung, murmura Julien.

– Je parie qu'il est allé dans le scriptorium ! affirma Léo.

– Ce qui est sûr, c'est qu'il a quelque chose en tête, et ne veut pas être dérangé, reprit Kim. Je suis certaine que c'est le coupable que nous recherchons !

Au même moment, un miaulement leur indiqua que Kija était de retour. La chatte ne s'arrêta qu'un court instant près de ses maîtres, soulagés de l'avoir retrouvée. Sans hésiter, elle suivit le mystérieux serviteur de Dieu.

13. Prisonniers de la tombe

L'homme à la soutane disparut silencieusement dans le scriptorium. Kim, Julien et Léo le suivaient de près. Ils entrebâillèrent la porte et scrutèrent la pièce : le moine se tenait devant l'accès verrouillé. Ils virent briller dans sa main un petit objet métallique : une clé ! Il l'enfonça dans la serrure et le battant s'ouvrit sur les ténèbres. Le religieux s'y engouffra.

– On y va ? demanda Julien.

– Oui ! souffla Kim. Allons jeter un œil…

– Je veux absolument savoir ce qui se cache là-dedans ! enchérit Léo.

À pas de loup, les enfants s'approchèrent et découvrirent, au clair de lune, des marches qui s'enfonçaient dans l'obscurité en dessinant une légère courbe.

– On y va ? répéta Julien.

Il connaissait d'avance la réponse de ses amis, et il s'en réjouissait : sans eux, il n'aurait jamais osé faire un pas de plus.

Les jeunes gens s'engagèrent dans l'escalier. Ils avaient l'impression de se retrouver dans le passage secret découvert la veille, à la seule différence que, cette fois, une fine rampe les

aidait à progresser dans le noir. Soudain, ils aperçurent un rai de lumière : ils avaient atteint une nouvelle porte.

Kim se pencha, colla son œil contre le trou de la serrure, et découvrit une vaste salle éclairée par un flambeau à moitié consumé. Une sorte de coffre rectangulaire en pierre était placé au milieu de la pièce ; sur l'un des murs était suspendue une tapisserie représentant la crucifixion de Jésus. Le sol était recouvert de

dalles en pierre ornées d'inscriptions et de croix.

– C'est parti, lança Kim, prête à entrer.

Kija l'arrêta d'un miaulement qui sonnait comme une mise en garde.

– Ne t'en fais pas, on va bientôt retourner à l'auberge, la rassura la jeune fille. « Enfin, je l'espère... », compléta-t-elle mentalement.

Une atmosphère étrange, mêlant le divin et l'angoisse, baignait ce lieu ; un petit frisson d'inquiétude parcourut le dos de la jeune fille.

À l'intérieur régnait une odeur de renfermé et de moisi. Un courant d'air fit vaciller la flamme de la torche, et les trois amis redoutèrent qu'elle ne s'éteigne. Léo s'empressa de repousser le battant, et ils échangèrent un regard perplexe.

– Où sommes-nous ? demanda Kim.

Elle se pencha sur une dalle.

– Ce sont des tombes..., annonça-t-elle, impressionnée.

Elle avait parlé tout bas, comme si elle craignait de réveiller les morts.

– Tu as raison, dit Julien. Et, ça, c'est un

cercueil, ajouta-t-il en montrant du doigt le coffre en pierre. Nous sommes dans une *crypte*, si mes connaissances sont exactes…

Léo sourit malicieusement :

– Je n'ai aucun doute là-dessus, Julien, je te connais ! Si, par-dessus le marché, tu es capable de me révéler comment ce moine étrange, qui est très probablement Adalung, a fait pour sortir d'ici, tu grimperas un peu plus dans mon estime !

– Très drôle ! répondit Julien.

Mais il ne put s'empêcher de sourire lui aussi. Tout à coup, une idée lui traversa l'esprit : il s'approcha de la tapisserie murale et en souleva un pan. Il s'exclama :

– Après vous !

Kim et Léo s'approchèrent et en restèrent bouche bée.

– Encore une porte ! s'écria Kim.

Elle essaya de l'ouvrir. Peine perdue : elle était fermée.

– Et voilà ! soupira-t-elle. Notre poursuite s'arrête ici. Quel dommage de ne pas avoir pu identifier celui qui se cachait sous l'habit de moine !

– Oui, c'est vraiment trop bête ! On y était presque, enchérit Julien. Tant pis, on reprendra notre enquête dès que possible. Rentrons maintenant, je suis crevé !

Il se dirigea vers la sortie de la crypte mais au moment de pousser le battant, il perçut le bruit inquiétant d'une clé que l'on tournait. Le garçon eut le souffle coupé : quelqu'un venait de les enfermer ! Il secoua la poignée avec frénésie, en vain…

– Que se passe-t-il ? voulut savoir Léo. La porte est coincée ?

– Coincée ? s'écria Julien. Dis plutôt : cadenassée !

– Quoi ?

– Essaie de l'ouvrir, tu comprendras ! souffla Julien découragé, avant de se laisser glisser sur le sol.

– On est prisonniers de la chambre mortuaire…, lâcha Kim.

Elle se mit à claquer des dents, sans pouvoir déterminer si elle avait froid, si elle était simplement fatiguée, ou si c'était la présence de tous ces morts qui l'angoissait.

Son attention fut attirée par la torche dont la flamme tremblait : elle était presque entièrement consumée. Combien de temps restait-il avant qu'elle ne s'éteigne ? Une heure ? Trente minutes ? Dix, peut-être...

Kim essayait de chasser la peur qui l'envahissait : elle n'avait rien à craindre des défunts qui reposaient à ses pieds. Par contre, que pouvait bien avoir en tête l'homme qui venait de les emmurer ici ? Tout à coup, elle se sentit fragile et vulnérable, et elle détesta ce sentiment.

– Espèce de fumier ! siffla-t-elle entre ses dents en s'apprêtant à tambouriner sur le panneau de bois.

Léo l'arrêta juste à temps :

– Ne fais pas ça ! On va s'apercevoir de notre présence !

– Et alors ? Tu préfères croupir dans ce trou ? répliqua Kim.

– Non ! Mais on peut toujours essayer de trouver un moyen de sortir d'ici sans être découverts, répondit le garçon.

– Sans être découverts ? railla-t-elle. Tu penses que c'est le Saint-Esprit qui nous a bouclés ici ? À l'heure qu'il est, ce fichu moine doit être en train de sonner l'alerte générale !

Léo secoua la tête :

– Réfléchis deux secondes ! Ce type est probablement le coupable. S'il réveille le monastère pour signaler notre présence ici, il sera obligé d'expliquer ce que lui-même fabriquait dans la crypte au milieu de la nuit !

Kim se frotta le menton :

– Pas idiot comme raisonnement... C'est vrai, tout n'est peut-être pas perdu.

Julien s'immisça dans la conversation :

– Et s'il était parti chercher une arme pour nous tuer ?

Kim devint toute pâle.

– Non, non, c'est impossible, balbutia-t-elle en prenant Kija dans ses bras.

Elle serra la chatte contre son cœur. Son corps dégageait une chaleur réconfortante.

– Il ne fera jamais une chose pareille, affirma-t-elle d'un ton qu'elle voulait convaincant. C'est bien trop risqué, n'oubliez pas que nous sommes trois ! Enfin, quatre...

Elle caressa Kija, qui ronronnait dans ses bras.

Léo résuma la situation :

– Je suis sûr qu'il a remarqué que nous le suivions. Il est passé par la porte derrière la tapisserie, l'a fermée à clef et est revenu jusqu'à l'entrée de la crypte, qu'il a verrouillée à son tour !

– Dans deux ou trois heures, quelqu'un nous découvrira, et on sera faits comme des rats ! enchaîna Kim. Comment va-t-on justifier notre présence ici en pleine nuit ? Adalung prétendra que nous sommes des voleurs, et il nous jettera au cachot ! À moins qu'on ait un peu de chance... Dans ce cas, il se contentera de nous bannir du monastère.

– De toute façon, l'abbé est arrivé à ses fins. Il s'est débarrassé de nous, constata Julien, la mine sombre. On ne résoudra jamais cette énigme !

Léo se redressa.

– N'abandonnons pas si vite ! lança-t-il avec fermeté. Il faut trouver un moyen de s'échapper d'ici. Ce n'est pas la première fois qu'on est en difficulté, et on a toujours réussi à s'en sortir !

Kim soupira, l'air abattu :

– Tout de même, la situation n'a jamais été aussi désespérée ! Nous voilà séquestrés dans un tombeau, dont les seules issues sont deux portes verrouillées ! Il n'y a même pas une fenêtre que l'on pourrait fracturer…

Léo ne répondit rien. Il savait que Kim avait raison. Mais peut-être la crypte avait-elle, elle aussi, une porte secrète ? Après tout, le monastère de Lorsch semblait regorger de surprises.

Le garçon se mit à passer la pièce au crible. Il tapota les murs, cherchant une cavité qui mènerait à un couloir dérobé. Il scruta les pierres tombales et entreprit de soulever l'une d'elles.

– Qu'est-ce que tu fabriques ? lui demanda Julien, les yeux ronds.

– Je veux voir ce qu'il y a en dessous…, gémit Léo.

Il avait réussi à glisser deux doigts entre les pierres du sol et la dalle.

– Ce qu'il y a en dessous ? s'écria Julien. Je

peux te le dire, moi : les os et le crâne d'un moine, voilà tout ! Laisse les morts en paix, par pitié !

Léo se redressa :

– Tu me saoules, Julien ! Tu crois que je m'amuse, peut-être ? Moi au moins, j'essaie de nous sortir de là, au lieu de baisser les bras, comme toi !

– C'est faux ! Si tu veux tout savoir, je suis en train de réfléchir !

Léo leva la main et grimaça :

– Alors là, c'est autre chose ! Je ne vais pas déranger tes réflexions plus longtemps ; fais-moi signe si jamais une idée géniale te traverse l'esprit !

Julien ne répondit pas. Il observa son ami qui s'épuisait à essayer de soulever la pierre et constata avec soulagement que c'était perdu d'avance : elle était beaucoup trop lourde.

Kija s'approcha des deux garçons et examina la scène avec intérêt. Elle pencha la tête, comme si elle réfléchissait intensément, puis poussa un petit miaulement qui ressemblait à un rire. Elle se dirigea avec détermination vers le mur où était suspendue la tapisserie, s'assit, et fixa Kim de ses yeux en amande. Puis elle miaula, cette fois avec énergie.

La jeune fille s'accroupit auprès d'elle et lui demanda à voix basse :

– Qu'y a-t-il, Kija ?

Pour toute réponse, la chatte se mit à gratter la paroi de ses griffes acérées. Kim fronça les sourcils et examina la muraille de plus près. Il y avait, à l'endroit indiqué par l'animal, une pierre de la taille d'une boîte à chaussures qui, au premier coup d'œil, ne présentait aucune particularité.

– Tu as trouvé quelque chose ? demanda Julien en s'avançant.

Léo avait interrompu son travail de forçat et rejoint ses amis. Sa curiosité était en éveil.

– Je ne suis pas sûre..., fit la jeune fille d'un ton hésitant. Kija vient d'attirer mon attention dans ce coin.

Elle palpa le bloc et appuya dessus. Le côté gauche céda sous la poussée et s'enfonça dans le mur, tandis que la pierre pivotait sur elle-même, laissant apparaître un trou à peine plus gros que le poing. Les jeunes gens échangèrent un regard interloqué, puis Kim plongea courageusement ses doigts dans l'orifice. Soudain, quelque chose frôla sa peau. Elle venait de déranger le locataire du lieu, une bestiole dont les nombreuses pattes attaquèrent avec agilité l'ascension de son poignet.

Elle poussa un cri d'horreur, fit un bond en arrière et secoua la main avec dégoût : l'énorme araignée velue tomba et fila se cacher dans un coin.

– Tu veux que je prenne le relais ? proposa Léo.

– Non merci, ça va aller.

Elle continua ses recherches. Cette fois-ci, elle toucha une sorte de poignée.

– Là ! Je sens quelque chose ! cria-t-elle avec excitation. C'est du métal, je crois. Attendez…

Elle essaya de faire tourner l'objet, mais n'obtint aucun résultat. Puis elle le tira vers elle, et le miracle se produisit : un pan du mur se mit en mouvement, et une nouvelle porte apparut.

– Je n'y crois pas ! souffla Kim en reculant. Il y avait bien une issue secrète !

14. Le livre noir

Les trois amis et Kija pénétrèrent dans une salle aux murs recouverts de livres. À la lueur des chandelles, ils virent une grande silhouette élancée se tourner vers eux et reconnurent Adalung. Ses yeux lançaient des éclairs ; il tenait dans une main un volume à reliure noire, et dans l'autre, une bougie.

– Ma parole, ce sont les enfants qui travaillent à l'auberge ! Que faites-vous là ? demanda-t-il à voix basse, en s'approchant d'eux.

– C'est un hasard ! s'écria Julien.

L'abbé eut un petit rire :

– Un hasard ? Petit menteur ! Comment êtes-vous arrivés jusqu'ici ?

Julien ne sut que dire. Kim vint à sa rescousse :

– Nous étions sur les traces d'un moine suspect ; il s'était écarté du groupe après l'office pour se rendre au scriptorium. Nous l'avons suivi et il nous a enfermés dans la crypte…

Elle hésita un instant, puis déclara avec fougue :

– Je suis sûre que c'était vous !

– Moi ? s'étonna Adalung. Certainement pas !

– Bien sûr que si ! protesta Kim avec colère. Vous ne vouliez pas être surpris en train de préparer l'élixir du diable, c'est pour ça que vous nous avez séquestrés !

L'abbé secoua la tête :

– Seigneur, comment peux-tu dire tant de bêtises ? Dieu m'est témoin, c'est exactement l'inverse ! Quelle est, à ton avis, l'utilité d'une salle secrète dans un monastère ? Elle n'a qu'un seul but : mettre à l'abri des regards les ouvrages dangereux, comme celui-ci par exemple !

Il désigna le manuscrit qu'il avait en main.

– *Le livre noir*, murmura Kim.

– Exact ! confirma Adalung.

Son regard étincelait :

– Voici le chef-d'œuvre du grand maître de la magie, Hermès Trismégiste ! Ses pages renferment de précieuses informations scientifiques qu'il serait périlleux de laisser entre des mains malintentionnées. C'est pour cette raison que je cache cet ouvrage ici...

– Pourquoi ne l'avez-vous pas détruit ?

– Pourquoi ? Ce serait une folie de se débarrasser d'un tel trésor ! Il est à l'abri dans ces rayonnages...

– Je ne vous crois pas ! cria Kim. Vous vouliez vous approprier la puissance accordée par cette potion, voilà la vraie raison !

Le rouge monta aux joues de l'abbé :

– Fais attention à ce que tu dis ! Si tu continues, je veillerai à rendre plus sévère encore la peine qui vous sera infligée !

La jeune fille se tut : Adalung était probablement le meurtrier de Furmer, il pouvait leur réserver le même sort...

– Pour quelle raison êtes-vous venu ici en pleine nuit ? risqua Julien.

– Ça ne te regarde pas ! lâcha l'abbé avec hauteur. Cependant, pour dissiper définitivement vos doutes absurdes, je vais vous le dire. Entre les *vigiles*, le dernier office de la nuit, et les *laudes*, notre prière *liturgique* de l'aurore, il s'écoule si peu de temps, que je préfère le consacrer à l'étude de manuscrits plutôt que de retourner m'allonger.

Julien ne crut pas un mot de cette explication. Adalung était le coupable, il en avait l'intime conviction. Il fallait trouver un moyen de lui échapper. Le garçon réfléchissait fiévreusement. Le plus simple était peut-être de tourner les talons et de prendre la fuite. Mais il se rappela que la porte de la crypte était fermée. Ils étaient pris au piège… Léo l'arracha à ses pensées.

– Si vous ne nous avez pas enfermés, qui l'a fait, alors ? demanda-t-il à l'abbé.

Adalung s'apprêtait à répondre lorsque son visage se figea, les yeux dardés sur un point derrière eux. Kija, qui regardait dans la même direction, se mit à fouetter nerveusement le sol de sa queue. Les enfants se retournèrent. Ce qu'ils virent à travers la porte ouverte les fit frémir : un autre moine venait de pénétrer dans la crypte ! L'homme avait le visage dissimulé sous sa capuche et bandait un arc, dont la flèche était dirigée vers la tête de l'abbé.

– Donne-moi ce livre, Adalung ! ordonna-t-il en s'approchant.

– Jamais ! s'écria le supérieur. Je t'ai reconnu, tu sais, inutile de te cacher !

Les trois amis l'avaient identifié, eux aussi. Sa voix leur était familière.

– Mon Dieu ! lâcha Kim d'une voix tremblante. C'est toi, Quirinus ?

Elle avait l'impression que la terre se dérobait sous ses pieds. Le sympathique Quirinus ne pouvait pas être l'individu qui avait commis tous ces méfaits, ce n'était pas possible… Le coupable c'était Adalung, le sinistre abbé !

Le frère éclata de rire :

– Bravo, vous m'avez démasqué ! Mais ça n'a plus d'importance.

La capuche tomba en arrière, dévoilant son visage angélique.

– Pose cet arc ! commanda l'abbé.

– Je n'obéis plus à tes ordres, Adalung, c'est fini, répliqua froidement Quirinus sans cesser de sourire. Passe-moi ce manuscrit !

Les enfants virent que l'abbé hésitait.

– Qu'est-ce que vous avez en tête ? demanda Julien pour gagner du temps. Vous voulez nous tuer, comme Furmer ?

– On verra. Ça dépend de vous ! Si vous filez doux, il se peut que je vous laisse la vie sauve. Je prendrai cette formule magique, puis je vous enfermerai… J'aurai disparu depuis belle lurette lorsqu'on vous trouvera !

– Tu veux préparer l'élixir du Diable ! s'écria Adalung avec effroi. Quelle insulte à Dieu ! Ne sais-tu donc pas qu'en échange des pouvoirs de ce breuvage tu devras vendre ton âme au diable ?

– Et alors ? Je serai plus fort que tu ne l'as jamais été, Adalung !

La voix de Quirinus n'était qu'un murmure ; dans ses yeux brillait une étrange lueur :

– Je régnerai sur l'humanité tout entière… Dieu, ce sera moi !

– Pff, soupira l'abbé. Il n'y a qu'un seul Dieu

tout-puissant, et ce n'est pas toi, prétentieux vermisseau !

– Ne me provoque pas ! gronda Quirinus, dont les mains tremblaient sur l'arc.

Julien essaya de faire baisser la tension qui régnait dans la pièce :

– Comment as-tu réussi à retrouver la trace de l'élixir du Diable ?

– Ce n'était pas très difficile, répondit le moine. Comme vous le savez, je suis le frère botanicus.

Il décocha un regard ironique à Adalung :

– Grâce aux leçons de notre cher abbé, les plantes n'ont plus de secrets pour moi ! De plus, notre bibliothèque regorge d'excellents ouvrages. C'est ainsi que je suis tombé sur la fameuse formule. Les ingrédients étaient faciles à rassembler, à l'exception d'un seul : la mandragore… Un commerçant bavarois du nom de Furmer m'a proposé de m'en apporter, et j'ai accepté. Il y a quelques jours, il est revenu au monastère avec la plante. Nous nous sommes retrouvés à l'auberge, mais il m'a demandé une somme bien plus importante que prévu !

– Alors tu l'as tué, continua Kim.

– Oui, mais ce n'était pas prémédité ! répliqua Quirinus. Nous nous sommes querellés ; je l'ai traité d'escroc, il s'est jeté sur moi, et, pour me défendre, je l'ai poignardé. Puis on a frappé à la porte, et je me suis enfui.

– Sans avoir réussi à prendre la mandragore…

– Exact ! Je me doutais qu'elle était cachée dans ses affaires, mais j'ai eu beau fouiller, je n'ai rien trouvé. C'est alors que vous m'avez donné un petit coup de pouce…

Il se tourna vers les enfants :

– Vous avez réussi à mettre la main sur cette satanée plante. Quand vous me l'avez montrée, j'ai fait semblant de ne pas la reconnaître.

– Et tu as décidé de m'agresser pour la voler ! s'écria Julien.

– Encore exact ! Mais ce fut plus compliqué que je ne le pensais. Par chance, j'ai entendu Adalung parler de votre projet de visite au vieux Gottfried. Vous espériez qu'il allait vous aider à identifier votre découverte…

Julien se tourna vers l'abbé.

– Vous non plus, vous n'avez pas avoué qu'il s'agissait de la mandragore ! Pourquoi avoir prétendu ignorer son nom ? insista-t-il.

Adalung soupira :

– Je ne suis pas certain que la mandragore possède les vertus qu'on lui prête. Mais les gens du peuple en sont convaincus. Si on avait su que vous en possédiez, le monastère aurait été en émoi. Tous auraient tenté de se la procurer, et je voulais éviter ça.

Quirinus sourit :

– Tu ne te doutes pas, Adalung, de l'étendue des pouvoirs de cette plante. Par orgueil, tu n'as pas voulu essayer la formule de l'élixir, à moins que ce ne soit ta bêtise qui t'ait retenu !

– Ça suffit ! cria l'abbé.

– Oh non, ça ne suffit pas, je vais…

– Revenons-en à Gottfried, le coupa Julien. Tu as voulu le tuer avant qu'il ne nous livre le secret des racines et des feuilles.

Une ombre voila le visage du moine :

– Si vous aviez percé le secret de la mandragore, vous l'auriez cachée avec plus de soin encore. Il fallait à tout prix vous en empêcher, alors j'ai tiré sur Gottfried. Enfin, grâce à Julien, j'ai pu mettre la main sur ce que je convoitais ! Tu as quitté l'auberge tout seul, traversé le quartier des artisans et croisé ma route. Je n'ai eu aucun mal à t'assommer et t'arracher ton trésor !

– Mais il te manquait toujours *Le livre noir*, dit Julien.

– Je savais qu'il était au monastère, poursuivit Quirinus. Mais où ? Un jour, j'ai remarqué que la petite porte du scriptorium était fermée, et cela m'a intrigué. Deux personnes seulement avaient la clé, Adalung et Clément, le bibliothécaire. J'ai donc tendu un piège à Clément, et ai profité du moment où il était évanoui pour prendre une empreinte de la clé. Un forgeron naïf s'est chargé de m'en faire un double !

– Pourquoi n'as-tu pas volé l'original ? voulut savoir Adalung.

– Parce que si la clé avait disparu, tu aurais tout de suite changé la serrure !

L'abbé hocha la tête.

– Avant de la rendre à Clément, on a vu les traces de cire, leur apprit Léo. Alors, on a décidé de faire le guet dans le scriptorium.

Quirinus leur jeta un regard admiratif.

– Pas mal, reconnut-il. Lorsque je suis parti tout à l'heure à la recherche du *Livre noir*, j'ai été très surpris de trouver la porte ouverte !

– J'étais déjà passé par là, expliqua Adalung. J'avais décidé de profiter du temps libre entre deux offices pour consulter les ouvrages tenus au secret ici.

– C'est donc toi que les enfants ont suivi, en déduisit Quirinus. Lorsque je suis arrivé dans la crypte, je les ai aperçus, avec leur chat. Pour m'en débarrasser, je les ai enfermés. Quelqu'un aurait bien fini par les retrouver... Je les ai épiés un moment pour essayer de savoir quelles informations ils avaient sur moi.

Il tendit le doigt en direction de Kija qui, le poil dressé, fit le gros dos.

– Tout à coup, cette bestiole s'est mise à gratter la pierre. Et les jeunes gens m'ont aimablement montré la porte de cette pièce ! Jamais je ne l'aurais découverte sans eux !

Il éclata de rire. Son visage se détendit un instant, mais reprit vite son sérieux.

– Assez de bavardages ! déclara-t-il

sèchement. Il est temps que nos chemins se séparent. Adalung, donne-moi *Le livre noir*.

– Il n'en est pas question, répliqua l'abbé d'un ton ferme.

– Si tu me résistes, je n'hésiterai pas à t'abattre, le menaça Quirinus. Passe-le-moi !

– Fais comme tu veux ! Moi vivant, cet ouvrage ne tombera jamais entre tes mains, s'entêta le supérieur.

L'arc, tendu au maximum, tremblait de plus en plus entre les doigts de Quirinus, qui ferma un œil pour viser. Sans en tenir compte, Adalung approcha le précieux volume d'une bougie.

– Regarde, fit-il d'une voix assurée. Il va brûler. Bientôt, tes rêves de puissance seront réduits en cendres !

– Arrête ! hurla Quirinus. Je vais te tuer !

– Lâche cette arme, ordonna l'abbé.

– C'est moi qui donne les ordres !

La voix hystérique de Quirinus résonna dans la crypte. Des gouttes de sueur perlaient sur son front. Adalung ne répondit pas ; il fixait *Le livre noir* léché par la flamme. Une fine colonne de fumée s'en éleva.

Quirinus poussa un cri de bête blessée ; sa bouche était déformée par une horrible grimace :

– Tu n'as pas le droit de faire ça ! Cet ouvrage est à moi !

Adalung lui lança un regard de défi :

– *Fortes fortuna adiuvat*, la chance vient en aide aux braves…, murmura-t-il.

– Tu l'auras voulu ! siffla Quirinus en tirant.

La flèche se planta dans le bras gauche de l'abbé. Le supérieur poussa un gémissement et fit quelques pas chancelants. Quirinus lâcha son arme pour se jeter sur le manuscrit en feu qui venait de tomber des mains d'Adalung. Alors qu'il essayait de s'étouffer les flammes avec sa coule, la chatte bondit sur son dos et le mordit à la nuque. Le moine cria en se tordant dans tous les sens pour essayer de se débarrasser de l'animal.

– Kija a besoin d'aide, allons-y ! s'écria Léo au moment où la chatte lâchait prise.

Les trois amis se ruèrent vers le moine. Kim lui assena un coup dans le tibia, pendant que Julien lui envoyait un magnifique crochet à la mâchoire, malheureusement pas assez puissant pour empêcher le frère de l'assommer… Léo tenta alors d'attaquer par derrière, mais Quirinus lui enfonça le coude dans la poitrine, coupant sa respiration. Seule Kim parvint momentanément à échapper à la fureur du religieux. Soudain, Kija se jeta sur le moine et le mordit de nouveau. Il hurla de douleur et arracha la chatte de ses épaules. Elle atterrit indemne à quelques mètres de là, à côté d'Adalung, qui avait retiré la flèche de son bras. Le visage pâle de colère, l'abbé saisit un livre dans la bibliothèque, courut vers Quirinus qui était en train de poursuivre Kim, et écrasa l'énorme volume sur le crâne du frère. Quirinus vacilla et s'écroula.

– Je savais bien que cet ouvrage me servirait un jour ! lâcha Adalung avec un petit sourire. C'est un manuscrit consacré aux charmes de l'amour, autant dire de la littérature interdite pour les moines ! Celui-là aussi était tabou…

Il considérait *Le livre noir* qui n'était plus qu'un petit tas de cendres.

– C'est fini, constata l'abbé. *Deo gratias !*

– Qu'est-ce que ça veut dire ? demanda Léo à voix basse.

– Dieu soit loué ! murmura Julien.

Adalung le regarda avec surprise :

– Tu comprends le latin, mon garçon ? C'est étonnant ! Décidément, vous n'êtes pas des enfants comme les autres. Votre chatte aussi est loin d'être ordinaire.

– Je ne parle pas latin, rectifia à la hâte Julien. Je connais juste quelques expressions.

L'abbé sembla se satisfaire de cette réponse :

– Je vous dois un grand merci. Pour cette raison, je vais fermer les yeux sur votre petite incursion dans mon monastère et…

– Comment va votre bras ? le coupa Julien avec sollicitude.

Il était soulagé de changer de sujet.

Adalung retroussa la manche de son vêtement, découvrant une vilaine blessure qui saignait abondamment. Toutefois, il ne montra pas de signes d'inquiétude :

– Notre infirmarius s'en occupera. Le plus important, c'est d'avoir démasqué le meurtrier. Il faut fouiller Quirinus, il a probablement sur lui le livre contenant la recette de cette boisson maudite.

Il ne fallut pas plus de quelques secondes à Léo pour mettre la main sur l'ouvrage en question, dissimulé dans la coule du moine.

– Donne-le-moi, s'il te plaît, le pria le supérieur.

Il arracha la page où figurait la formule de l'élixir du diable et la brûla.

– Et voilà ! Maintenant, ce livre est inoffensif, soupira Adalung avec soulagement. À présent, conduisez-moi à l'infirmerie et prévenez les autres frères : qu'ils mettent sous les verrous cette brebis galeuse de Quirinus !

15. La tentation

Le lendemain, Wenzel fit irruption dans le grenier où dormaient les enfants.

– Réveillez-vous, c'est l'heure ! lança-t-il joyeusement.

Les trois amis, ivres de fatigue, ouvrirent péniblement les yeux, stupéfaits du ton chaleureux de sa voix.

– Je sais tout ! leur souffla-t-il à l'oreille. J'ai été acheter des œufs tôt ce matin, et j'ai appris que Quirinus était le coupable... Quand je pense qu'il voulait fabriquer de l'élixir du diable ! Tout le monastère est en émoi ; vous êtes les héros du jour. Allez, debout, je veux plus de détails !

Les jeunes gens retombèrent sur leurs paillasses en gémissant.

– Un petit effort, s'il vous plaît, les supplia Wenzel. Gertrude va vous préparer un bon petit déjeuner ; après quoi, vous nous raconterez votre histoire.

La matinée fut exceptionnelle : dispensé de leurs corvées, le trio se contenta de relater en boucle les événements de la veille. Les clients, poussés par la curiosité, affluaient dans l'auberge pour les écouter. Kija, installée sur le rebord de la fenêtre, observait d'un œil presque indifférent l'effervescence qui entourait ses maîtres.

– Vous êtes très forts ! s'enthousiasma Wenzel après le déjeuner. Grâce à vous, la salle était pleine à craquer !

Il venait de servir à chacun une copieuse assiette de poulet et de viande de porc. Il hocha la tête :

– Dès notre rencontre, j'ai compris que j'avais enfin trouvé les employés modèles que je cherchais depuis toujours !

Les enfants échangèrent un regard sans pouvoir retenir un sourire moqueur. Une fois restaurés, ils abandonnèrent Wenzel à ses affaires florissantes et, accompagnés de Kija, se dirigèrent vers l'infirmerie, où l'abbé se reposait.

La pièce avait pour seuls meubles un lit surmonté d'un crucifix et une table de nuit, sur laquelle étaient déposés une carafe d'eau et un verre. Lorsqu'il les vit entrer, Adalung, couché, leur sourit.

– Comment allez-vous ? demanda Kim.

Elle lui trouvait très mauvaise mine et l'air épuisé. Pour la première fois depuis le début de l'aventure, elle se sentit coupable de l'avoir soupçonné.

– Dieu m'a gardé sous sa bienveillante protection, car la blessure n'a pas empiré. Seules les chairs sont touchées, murmura l'abbé. En montrant combien il était dangereux de jouer avec le feu, le Seigneur m'a envoyé un avertissement. C'était une folie, de conserver au monastère *Le livre noir* et la formule de cet élixir maudit ; j'aurais dû me douter que tout ce qui a trait à la puissance suscite la convoitise…

Il soupira :

– Je ressens une grande tristesse à la pensée que l'un de mes frères a succombé à la tentation, et qu'il a commis un meurtre pour assouvir sa soif de pouvoir !

– Qu'adviendra-t-il de Quirinus ? demandèrent les enfants.

– Il sera condamné à une juste peine, répondit sans plus de précision Adalung.

Son regard s'était détourné vers la fenêtre :

– Le calme doit revenir en ces murs. Lorsch est un lieu de paix et de recueillement, où les moines se consacrent à la recherche botanique et médicale. L'agitation que nous avons connue ces derniers temps était néfaste ! Ce sont nos travaux qui doivent faire notre renommée. Charlemagne, notre empereur, dont on connaît l'intelligence si vive, est le premier à reconnaître leur valeur. Dans quelques jours, il nous fera le grand honneur de nous rendre visite. J'espère aller mieux d'ici là, avec l'aide de Dieu.

Il se redressa pour attraper quelque chose sous son oreiller.

– J'ai une surprise pour vous, annonça-t-il avec un sourire.

Il leur tendit un petit paquet.

– La mandragore ! s'écria Julien en découvrant les feuilles et les racines de la plante mystérieuse.

– On l'a retrouvée dans les effets de Quirinus, expliqua Adalung. Je souhaite vous l'offrir ; puisse-t-elle vous protéger ! À présent, laissez-moi me reposer, la nuit dernière a été très dure…

Les enfants remercièrent l'abbé et prirent congé.

– *Gratia vobis et pax !* leur lança le supérieur comme ils sortaient.

Une fois dans le couloir, Léo se tourna vers Julien :

– Ô grand puits de science, aurais-tu l'amabilité de nous traduire ce que l'abbé vient de dire ?

– Si je ne me trompe pas, ça signifie « que la paix et la grâce soient avec vous », expliqua le garçon.

La boutade de son ami l'avait fait rougir. Léo lui donna un petit coup sur l'épaule :

– Bravo, tu es un vrai dictionnaire vivant ! Je me demande ce qu'on ferait sans toi…

Julien lui jeta un regard oblique :

– Tu es sérieux ?

Se souvenant de leurs récentes disputes, Léo se mordit la lèvre.

– Absolument, répondit-il d'une voix ferme.

Une multitude de gens, bien plus impressionnante que d'habitude, se pressait autour du monastère. Depuis que la visite de l'empereur et de sa suite avait été annoncée, les pèlerins et les curieux affluaient en masse. Sans dire un mot, les trois amis se frayèrent un chemin en direction de l'auberge. Kim posa tout haut la question qui les préoccupait tous :

– L'énigme est résolue. Est-ce qu'on ne devrait pas rentrer à présent ?

– C'est dommage de partir au moment où la vie chez Wenzel devient enfin agréable, dit Léo.

– Ça ne durera pas ! s'exclama la jeune fille. Les choses vont vite reprendre leur cours habituel, et on a vu ce qu'était le travail à l'auberge : de l'esclavage !

Julien s'était arrêté ; il cherchait Kija, qu'il finit par repérer près d'un étal de plantes. La chatte se frottait contre un sac, indifférente aux cris indignés de la marchande.

– Je suis sûr qu'il y a de la valériane là-dedans ! lança le garçon. Cette herbe attire les chats, ils ne peuvent pas y résister !

Il réfléchit un instant et reprit :

– J'aurais bien aimé savoir si ce qu'on raconte au sujet de cet élixir du diable est vrai...

Kim éclata de rire :

– Ce ne sont que des superstitions, voyons !

Julien eut un petit sourire énigmatique.

– Attendez-moi, je n'en ai pas pour longtemps ! s'écria-t-il avant de disparaître dans la foule.

– Qu'est-ce qu'il mijote ? grommela Léo.

Kim haussa les épaules et s'assit. Elle tourna le visage vers le soleil, ferma les yeux et soupira :

– On ne va pas tarder à le savoir !

Julien réapparut au bout de vingt minutes, une cruche en argile entre les mains.

– C'est sympa de nous apporter à boire ! s'exclama Kim, qui était en train de jouer avec Kija. J'ai drôlement soif !

– Pas si vite ! répliqua Julien. Ce n'est pas ce que tu crois.

Il s'installa à côté de ses amis.

– Tu n'as tout de même pas osé..., souffla Léo, pris d'un doute.

– Si ! C'était facile : j'avais encore en tête la recette de l'élixir du Diable, les racines de mandragore étaient dans ma poche, et j'ai trouvé les autres ingrédients de la formule chez les marchands de plantes médicinales. Ça te tente, Kim ?

– Non, sans façon, répondit-elle en levant les deux mains.

– Pourquoi ? Tu es la première à dire que ce ne sont que des sornettes, insista Julien.

– Il nous manque *Le livre noir*..., murmura-t-elle. Sans la formule magique, ça ne marchera pas.

– Raison de plus ! On ne risque rien à en boire une gorgée. Tu veux essayer, Léo ?

Le garçon déclina l'offre à son tour.

– Dans ce cas, c'est moi qui vais goûter, fit Julien.

À cet instant, Kija bondit sur le pichet qu'il tenait. Surpris, il le lâcha, et le récipient se fracassa contre une pierre, libérant un liquide laiteux qui s'infiltra dans le sol poussiéreux.

Bouche bée, les enfants se tournèrent vers la chatte.

– Pourquoi as-tu fais cela ? s'écria Julien.

– Elle a certainement de bonnes raisons, lâcha Kim.

La jeune fille était devenue très pâle.

– Tu penses que cette boisson avait vraiment un pouvoir surnaturel ? demanda Léo.

– Je ne sais pas, avoua-t-elle. La seule chose dont je suis sûre, c'est que Kija n'agit jamais au hasard… Rentrons maintenant. J'ai vraiment envie d'un rafraîchissement ; si vous êtes d'accord, je voudrais le choisir sur la carte du Venezia !

– Excellente idée ! approuva Léo. La météo à Siebenhann s'est sans doute améliorée, et une glace sera la bienvenue !

Il remarqua en se levant que Julien hésitait

encore. Entourant de son bras l'épaule de son ami, il lui souffla à l'oreille :

– Crois-moi, mon vieux, on n'est pas obligé de tout savoir dans la vie...

Julien, contrarié, fronça les sourcils :

– Connaissance rime avec puissance !

– C'est exactement ce que pensait Quirinus, tu as vu où ça l'a mené... C'est une très bonne chose que nous partions sans avoir pu répondre à la question que tu te posais.

Julien observa son ami un moment, puis il hocha la tête :

– Tu as probablement raison. En route pour le Venezia !

Les enfants fermèrent avec précaution la porte de Tempus, et unirent leurs forces pour repousser la bibliothèque à sa place habituelle.

– Parfait ! constata Julien. On ne dirait jamais que derrière ce mur de livres, il...

Un toussotement l'interrompit.

– Ton rhume n'est toujours pas fini, Léo ? s'étonna Kim.

– Pourquoi voudrais-tu que je sois guéri alors que ça ne fait que quelques secondes qu'on est partis ! lui rappela le garçon.

– Je ne m'y habituerai jamais ! souffla Kim.

– Eh bien moi, je ne m'habituerai jamais à ce temps de chien. Regardez ce déluge !

Léo désigna une grande fenêtre contre laquelle tambourinait la pluie. Il soupira :

– Il faisait si beau à Lorsch…

– En plus, les moines auraient pu te donner un remède à base de plantes pour soigner ta grippe, observa Julien.

Kim prit la chatte dans ses bras et sourit en voyant les mystérieux yeux émeraude du félin se lever vers elle :

– Tu as raison, Kija, nous aussi, on s'y connaît maintenant ! Quand on était dans l'herbarium, j'ai retenu deux ou trois choses. L'infusion de sauge, par exemple, est censée lutter contre la toux. Je vais aller voir dans la petite cuisine du bibliothécaire qui est à côté de son bureau. On ne sait jamais, il en a peut-être dans ses placards…

Léo fit la grimace :

– De l'infusion de sauge ? Berk ! Ça doit être infâme !

– C'est fort probable, mais si tu ne tousses plus après l'avoir bue, le jeu en vaut la chandelle ! s'écria Kim.

– Bon, d'accord, acquiesça le garçon. Tant que tu ne me prépares pas de l'élixir du Diable…

Kim se retourna vers lui, le sourire aux lèvres :

– Aucun danger, tu peux me faire confiance !

Le monastère de Lorsch

Lorsch est une petite ville située au nord-ouest de l'Allemagne, à une centaine de kilomètres de la frontière française. En l'an 764, le comte Cancor et sa mère cèdent leur propriété des bords de la rivière Weschnitz à Chrodegang, l'archevêque de Metz, pour qu'il en fasse un monastère. Après d'importants travaux, seize moines bénédictins s'y installent sous l'autorité de Chrodegang, leur premier abbé.

Le 7 juillet 765, les reliques du martyre romain saint Nazaire sont solennellement transférées à Lorsch. À l'époque, posséder les restes d'un saint est une véritable aubaine pour un monastère ; en effet, les riches bourgeois lèguent fréquemment leur fortune à la communauté religieuse afin que leur âme bénéficie des faveurs du saint. C'est, pour Lorsch, le début de la prospérité.

En 766, l'ambitieux Gundeland succède à Chrodegang, son frère aîné à la tête de l'abbaye. Les moines, devenus trop nombreux, déménagent un peu plus loin, et, l'année suivante, débute la construction de la future basilique Saint-Pierre Saint-Paul. Elle sera consacrée en 774 en présence de l'empereur Charlemagne, qui fait don aux moines d'une forêt de neuf cents kilomères carrés. En contrepartie, Gundeland offre le monastère à Charlemagne : Lorsch devient propriété royale, et jouit jusqu'en 1232 de la protection personnelle du souverain.

Les mécènes se montrent de plus en plus généreux, et bientôt les domaines appartenant à l'abbaye s'étendent du sud de la Suisse aux Pays-Bas.

Les successeurs de Gundeland s'emploient à embellir Lorsch : entre 778 et 784, on ajoute un précieux sol en marbre à la basilique, puis on construit le mur d'enceinte, le cloître et les cellules où dorment les moines, ainsi que le réfectoire. L'abbé Adalung, un proche de Charlemagne, est à la tête de Lorsch de 804 à 837. Il fait orner la basilique d'or et d'argent.

Dans le même temps, le monastère devient un haut lieu de la culture et de la recherche.

Dès l'an 800, la bibliothèque de Lorsch et son trésor, composé des six cents volumes, connaissent une grande renommée.

L'Évangéliaire et le Rotulus de Lorsch sont des ouvrages d'une valeur inestimable. Le *Rotulus*, écrit en 876, est le plus ancien rouleau manuscrit liturgique du Moyen Âge. Quant aux cent cinquante pages du célèbre *Codex de Lorsch,* rédigées aux alentours de 795, elles reflètent à merveille l'excellence des travaux des moines.

L'an 876 est une année importante pour Lorsch : Louis le Germanique, le premier roi allemand, est enterré au monastère. Louis le Jeune, son fils, et Hugues, son petit-fils, seront à leur tour inhumés à l'abbaye, en 882 et 879.

En 1229, Lorsch perd son indépendance et est placé sous l'autorité de l'archevêque de Mayence. Les bénédictins se retirent. Leurs successeurs, les moines cisterciens et prémontrés, ne peuvent empêcher le long déclin du monastère. Il est dissous pendant la Réforme, en 1557, puis démoli au cours de la guerre de Trente ans (1618 à 1648). Ayant besoin de pierres pour construire leurs maisons, les habitants de la région prennent l'habitude, au cours des décennies suivantes, de piller le site de Lorsch. Seules une partie de l'église et la salle du roi sont épargnées.

Les premières fouilles commencent en 1927. En 1935, la salle du roi est restaurée à l'identique.

De nos jours, on visite les ruines de la nef centrale de la basilique et surtout la salle du roi, appelée aussi hall de la porte. Ce monument unique, très caractéristique de son époque, présente des ornements de façade et des peintures de styles carolingien, romain et gothique.

Les visiteurs ont également la possibilité d'effectuer une promenade guidée dans le jardin botanique.

Trois cents manuscrits ayant appartenu au monastère sont aujourd'hui dispersés dans le monde entier. Ainsi, les pages de *L'évangéliaire de Lorsch* sont conservées en trois endroits : à Alba Iulia, en Roumanie, à Londres et au Vatican.

GLOSSAIRE

Abbé : vient de l'hébreu *abba*, le père. L'abbé est le supérieur d'un monastère.

Alchimie : considérée comme un « art royal » au Moyen Âge, car elle était censée avoir le pouvoir de transformer tous les êtres imparfaits, de changer les métaux impurs en or, et de rendre la santé aux malades. L'alchimie alliait les expérimentations aux formules magiques. L'un de ses buts était de faire progresser la recherche dans le domaine médical.

Atrium : cour intérieure d'une maison.

Bénédictins : moines appartenant à l'ordre de Saint-Benoît, fondé en 529 par Benoît de Nursie (480-547). Les bénédictins doivent obéir à *la Règle* qui organise la vie de la communauté entre prière et travail. Les bénédictins ont de multiples activités agricoles, culturelles et artistiques, mais aussi d'enseignement.

Botanicus (mot latin) : ici, le jardinier du monastère.

Bursar (mot latin) : économe. Il est chargé de la gestion des finances de la communauté.

Camerarius (mot latin) : camérier. S'occupe de la cuisine, de la boulangerie et de la brasserie du monastère.

Coule : partie de l'habit du moine. Vêtement à capuche, aux manches amples, porté par-dessus la tunique.

Crypte : vient du grec *kruptos*, caché. Salle souterraine abritant des tombes de saints ou de hauts dignitaires.

Gourde de pélerin : récipient contenant de la boisson, accroché à la ceinture du pélerin.

Herbarium (mot latin) : jardin botanique.

Infirmarius (mot latin) : infirmier du monastère. C'est le médecin responsable de l'infirmerie (l'équivalent de notre hôpital actuel).

Laudes : premier office de la journée, entre cinq et six heures du matin. Sept fois par jour, soit environ toutes les trois ou quatre heures, y compris la nuit, les moines se retrouvent pour prier dans l'église du monastère.

Liturgie (mot grec) : ensemble de règles

fixant le déroulement du culte de l'église catholique.

None : office ayant lieu entre quatorze et quinze heures.

Parchemin : ancêtre du papier. Peau de mouton, de chèvre ou de veau ayant subi de nombreuses préparations pour que l'on puisse écrire dessus.

Reliques : restes du corps d'un saint.

Sacratarius (mot latin) : moine chargé de l'entretien de l'église, de son mobilier, et des trésors de la sacristie.

Saint Nazaire : saint ayant vécu à Rome. Ses reliques étaient conservées à Lorsch, ce qui fit du monastère un lieu de pèlerinage.

Scriptorium (mot latin) : atelier dans lequel les moines réalisaient des copies manuscrites avant l'invention de l'imprimerie.

Thot : dieu de l'Égypte ancienne (en Grèce, il s'appelle Hermès Trismégiste).

Tonsure : espace rasé circulaire au sommet du crâne, signifiant la soumission du moine à Dieu.

Vestiarius (mot latin) : moine chargé du

vestiaire, responsable de tout ce qui touche aux fournitures de vêtements, de chaussures et de draps pour la communauté.

Vigiles (ou matines) : dernier office de la nuit, entre deux heures trente et trois heures du matin.